Habitaciones compartidas

ROGELIO GUEDEA

Habitaciones compartidas

IV PREMIO DE NOVELA ALBERT JOVELL.
FUNDACIÓN PARA LA PROTECCIÓN
SOCIAL DE LA OMC.

ALMUZARA

OMC

ORGANIZACIÓN
MÉDICA COLEGIAL
DE ESPAÑA

FUNDACIÓN PARA LA
PROTECCIÓN SOCIAL

IV PREMIO INTERNACIONAL DE
NOVELA ALBERT JOVELL. FUNDACIÓN PARA
LA PROTECCIÓN SOCIAL DE LA OMC.

Jurado compuesto por:
Luis Alberto de Cuenca
Teresa Viejo
José María Rodríguez Vicente
Javier Ortega

Con el patrocinio de la Fundación para la Protección Social
de la OMC (Fundación Patronato de Huérfanos y Protección Social de Médicos Príncipe de Asturias)

Editorial Almuzara • Colección Novela
Director editorial: Antonio Cuesta
Edición de Javier Ortega
Maquetación: Rebeca Rueda
www.almuzaralibros.com
pedidos@almuzaralibros.com - info@almuzaralibros.com

Imprime: Lince Artes Gráficas
ISBN: 978-84-17558-47-5
Depósito Legal: CO-2030-2018
Hecho e impreso en España-*Made and printed in Spain*

MIXTO
Papel procedente de
fuentes responsables
FSC
www.fsc.org   FSC® C120701

Para mis tres B, siempre.

*Y para mis queridos amigos psiquiatras
Juan García Quiroga y Sebastián Álvarez Grandi,
tablas de salvación en uno de los momentos
más difíciles de mi vida.*

Antes de que te cases, mira bien lo que haces.

Refrán

Índice

UNO

El mensaje electrónico que recibí en la oficina de la universidad era escueto y lo firmaba un tal Diego Valente. En él me advertía que era amigo del doctor Enrique Morán Jiménez, quien había operado hacía un par de años a mi mujer. Valente me informaba que había sido contratado por la Universidad de Otago y que, en un par de semanas, estaría arribando a Dunedin. Lo había contratado el Departamento de Ciencias. El doctor Enrique Morán Jiménez le había hablado de mí, y por eso se atrevía a contactarme. Diego Valente me pedía ayuda para encontrar una casa, un vehículo, y para que le diera los pormenores de la ciudad —supermercados, agencias de autos, escuelas, etcétera—. Si no era mucha molestia, claro. Al final de su breve mensaje me agradecía de antemano las atenciones.

Como creer con ligereza es una gran torpeza, antes de contestarle busqué el correo electrónico del doctor Morán Jiménez. Pero no lo encontré. Mi cuenta de correo estaba fallando precisamente en los registros del directorio, y cada vez que yo tecleaba los inicios de un nombre o un apellido, se bloqueaba. Mi primo Poncho, el cardiólogo, seguro lo tenía. Le escribí. Me contestó, cosa curiosa, casi de inmediato, dándome la información solicitada pero sin pedirme pormenores. Con el doctor Morán Jiménez fui al grano: ¿conocía o no a un tal Diego Valente, que supuestamente venía contratado por la Universidad de Otago en el área de Ciencias? Dudaba que fuera así, porque es poco común que la Universidad contrate a un mexicano en un área reservada normalmente para sus nacionales, pero tal vez se trataba de una eminencia incapaz de ser reemplazada por nadie. Un par de horas después, luego de mi clase de Cultura popular latinoamericana, ya tenía en mi bandeja de correo la respuesta del doctor Morán Jiménez. Luego de mostrarme su gusto de recibir noticias mías, el doctor me indicó que Diego Valente era un viejo amigo de la familia, a quien conocía de los *Boy Scouts*, y que efectivamente no me preocupara: se trataba de un hombre de bien, una familia respetada de la Ciudad de México, y él justamente había sido contratado por la Universidad de Otago, aunque no sabía muy bien en qué área. Lo que sí sabía era que iría acompañado de su mujer y sus dos hijos, al parecer de la edad de los míos. El doctor Morán Jiménez también me puso al tanto de algo que, en aquel momento, no me causó ningún asombro: Diego Valente era un tanto introvertido, pero era buena persona.

Unas cuantas palabras de afecto creo que fueron las que le devolví al doctor Morán Jiménez aquel mediodía, luego de agradecerle encarecidamente la información. Si bien la confianza mata al hombre, no había de qué alarmarse. Introduje mi ordenador portátil en mi mochila y bajé al estacionamiento de la División de Humanidades, donde ya me esperaban mi mujer y mis dos hijos, recién salidos de la escuela. Durante el recorrido de regreso a casa, le comenté a Maki lo del mensaje de Diego Valente: es un mexicano, viene contratado por la universidad. ¿Solo?, preguntó Maki. Al parecer lo acompañan su mujer y dos hijos de la edad de Julio y Julieta. Mi mujer se relajó, irrumpiendo en sus comisuras un albor de alegría. Podría creerse o no, pero saber que viene un paisano a esta tierra donde casi no hay latinos es una especie de milagro digno de celebración. En Dunedin no había ningún mexicano residiendo de manera permanente. Al menos, no como familia. Había, sí, estudiantes mexicanos que llegaban un día y a los pocos meses partían, sin dejar ningún arraigo ni en la ciudad ni en nuestras vidas. Por eso tampoco hacíamos el intento de extender los lazos más allá de invitarlos un día a cenar a casa o a tomar un café en la bollería universitaria. Nunca quisimos poner a remojar nuestras raíces sobre vidas pasajeras que entraban y salían como uno entra y sale, cualquier tarde, de un centro comercial. Si bien en la ciudad vivían de forma permanente algunas familias argentinas, chilenas, venezolanas, etcétera, con ellas no se podía disfrutar de igual modo un taco, un chile verde o incluso una tortilla. Nada como compartir lo de uno con los de uno.

Es conocido del doctor Morán Jiménez, le dije a Maki. ¿De verdad? Sí, de hecho él fue quien me dijo que tenía unos hijos de la edad de Julio y Julieta.

¿Y juega fútbol, papá?, saltó Julio, emocionado. Les expliqué que tanto no sabía, pero que era bueno tener a una familia mexicana en la ciudad, viviendo ya permanentemente. Aunque no sabía con qué tipo de contrato vendría, me imaginaba que sería uno permanente, como el mío, pues a la universidad no le valdría la pena traer a toda una familia desde el otro lado del mundo nada más por dos o tres años. Así es, ratificó Maki, estacionándose afuera de la casa. Nunca lo dije abiertamente, pero aquel día tuve una sensación de felicidad inusitada. El hecho de saber que otra familia mexicana ocuparía las calles de la ciudad y que podíamos encontrarnos en un centro comercial un día cualquiera, y saludarnos y planear una cena próxima, eliminaba esa percepción de soledad que ya me venía acechando desde hacía un par de años.

Dejé mi portafolios debajo del escritorio, abrí mi bandeja de correo y le contesté el mensaje a Diego Valente con un mensaje igualmente escueto al suyo. En mi sobria misiva me limité a felicitarlo por esa posición ganada y a decirle que con gusto lo ayudaba en todo lo que estuviera en nuestras manos. Aunque ya lo sabía, en una posdata le pregunté si venía solo o con familia, y si era con familia cuántos integrantes la conformaban para ir yo viendo algunas casas ajustadas a sus necesidades. Puse punto final, envié el mensaje y apagué el ordenador, que no había dejado de hacer un ruido extraño desde la mañana.

DOS

La reunión de Departamento estaba programada a las once de la mañana, pero la secretaria nos envió un mensaje quince minutos antes para decirnos que se pospondría para la próxima semana. El jefe de Departamento había sufrido un desmayo a consecuencia de una ingesta excesiva de café y lo habían ingresado en el hospital. Lamenté el hecho porque al final de la reunión pensaba entregarle mi solicitud de traslado a Kobe, donde tenía pensado impartir una conferencia sobre poesía mexicana contemporánea, organizada por la Asociación Japonesa de Hispanistas, y un curso de escritura creativa en la Universidad. Ya había estado antes en Japón, donde realicé una investigación para mi novela *41*, y quedé fascinado. La primera vez visité Tokyo, una ciudad que excedió con creces mis expectativas: grande y luminosa, pero a la vez íntima y triste. La caminé de día y de noche, la gocé en todas sus formas, la tradicional y la moderna, la febril y la apacible, la psicodélica y la mística.

Como me hacía falta rellenar la solicitud de beca que otorgaba el gobierno japonés a los investigadores que quisieran llevar a cabo estancias académicas en sus instituciones educativas o centros de investigación, entré en mi ordenador y me puse a vaciar la información correspondiente. Eran como cinco o seis documentos insufribles en los que había que confesar incluso nuestras tendencias sexuales y religiosas. Mientras lo hacía, casi mecánicamente, sentí de nuevo un leve rubor que me empezó a recorrer el rostro del nacimiento del mentón a la frente; una pura sensación de éxtasis producida por la idea de la llegada de Diego Valente y su familia a la ciudad. Me levanté del escritorio y miré por la ventana la explanada junto a la biblioteca. Me sentía renovado, otra vez abierto a las posibilidades que lo incierto podría traerme.

En el Departamento las cosas no marchaban del todo bien. Nuestro programa, aun cuando era el más grande y el español la lengua más popular, había perdido estudiantes, y en los últimos dos años la caída había sido estrepitosa, si bien nadie quería aceptarlo. Los neozelandeses no suelen aceptar la derrota tan fácilmente, pero yo veía que de no buscar pronto un paliativo la universidad se iba a ver en la necesidad de deshacerse de algunos de nosotros. Con todo, ni ese aciago panorama lograba en ese instante escandalizarme. El solo hecho de pensar que podría desayunar un día sí y otro también en la cafetería universitaria con Diego, aprovechando la ocasión para llevar a cabo evocaciones nostálgicas de nuestro país, me hacía impermeable a cualquier amenaza laboral por sombría que fuese. El ir y venir de las estudiantes en la soleada explanada que contemplaba a través de mi ventana, en el tercer piso del edificio de Humanidades, me extraviaba en pensamientos alados e inquietantes, explosivos placebos para mi imaginación.

Volví a mi escritorio y continué cumplimentando la solicitud nipona. Sin embargo, un mal presentimiento me asedió de súbito: la idea de que Diego Valente y su familia no fueran más que una mala broma que algún holgazán me hubiera hecho tan solo para fastidiarme. Sentí de pronto que me oprimían el pecho con una plancha caliente al tiempo que me daban con un leño en la nuca. Parecía un hecho trivial e inofensivo, pero no por ello me vi arrollado por un sentimiento absurdo de pérdida: ¿cómo puede ser esto si ni siquiera conozco a esa gente?, me pregunté. Tuve sentimientos encontrados, confusión, desatinos del pensamiento, todo en una milésima de segundo; incluso volví a abrir mi bandeja para releer el correo electrónico de Diego Valente y el del doctor Morán Jiménez. Nada evidenciaba que fuera un embuste; no obstante, yo seguía teniendo miedo de perder lo que nunca había tenido. Volví a levantarme del escritorio y esta vez salí de mi oficina. Caminé el corredor y me detuve en el servicio. Frente al espejo del lavabo me eché dos veces agua en el rostro y vi cómo me escurrían las gotas por los mofletes, hasta mojar las hombreras de mi saco. No parecía ser el que era, pero en el fondo seguía siendo el mismo.

De regreso a mi oficina me encontré en el pasillo con Linda Brown, la jefa de la administración. Le pregunté por Richard, alegando que era mi intención visitarlo en el hospital. Linda me comentó que Richard ya había sido dado de alta y que se encontraba reposando en casa; mañana estaría seguro por aquí. Le dije que estaba bien, poniendo una cara de imbécil. En realidad no tenía ningunas ganas de visitar a Richard en el hospital, ni de visitar a nadie en ningún lado. Aún tenía muy fresca en la memoria la mala celada que me había tendido en mi pasada solicitud de traslado, y temía que en esta ocasión fuera a decidirse en igual sentido. Lo único que me brindaba alguna esperanza es que ahora las solicitudes las revisaba un comité impuesto por la División, precisamente para evitar que se impusieran las decisiones arbitrarias de los jefes de Departamento.

Me despedí de Linda y volví raudo a mi oficina. El resto de la mañana lo dediqué a ultimar la solicitud y a enviarla a través del correo electrónico que se indicaba en la página web de la institución japonesa. Luego encendí la radio *online* de una estación de mi país y caí de bruces en una canción de Julio Iglesias. La letra, que me acarreó un remolino de emociones discordantes, rezaba en uno de sus cuartetos: «De tanto querer ser en todo el primero/ me olvidé de vivir los detalles pequeños». Vaya cosa, me puse sentimental. Escuché la canción hasta el final y luego la volví a escuchar, yendo a YouTube, una y otra vez. Cuando en el reloj del computador marcaron las tres menos cuarto, bajé del edificio para esperar a Maki en la esquina de siempre. El tiempo mejoraba a ratos, pero aún no dejaba de llover.

TRES

No acostumbro a ser magnánimo con la gente, sobre todo porque la vida me ha dado muchos palos y me ha hecho descubrir la perversidad humana en más de una ocasión. Pero como no hay mérito mayor que aprovechar la oportunidad, cuando Diego Valente me escribió para decirme que estaría llegando en un par de horas a Dunedin, decidí que fuéramos la familia completa a recogerlos. Maki me advirtió que no tendríamos espacio suficiente en nuestro coche. Yo le dije que pasaríamos a por una vagoneta al Hertz que estaba delante de la gasolinera del Kaikorai Valley. Alzó las cejas con enfado y sacudió la cabeza. Le sorprendía mi júbilo. A mí también. Los seres humanos tenemos muchas entradas y salidas, y uno en realidad no sabe si cuando abre la puerta a una persona es para entrar o para salir de ella. Desentrañar esa incertidumbre es lo único que quizá haga valedero relacionarnos con los demás. De haber sabido desde ese primer momento que la puerta que yo abriría daba a un infierno, seguramente la cierro de golpe, me doy la media vuelta y me largo por donde hubiera venido. Pero a ver: ¿quién lo sabe?

Recogimos a Julio y Julieta una hora antes de la hora de salida de la escuela y fuimos por la vagoneta al Hertz del Kaikorai Valley. De ahí partimos al aeropuerto, una vez que me cercioré de que la hendidura que presentaba una de las llantas del carromato no fuera algo serio. A Julio y Julieta les emocionaba la idea de conocer a los hijos del forastero. A Maki le intrigaba saber cómo sería su mujer. Yo no me preguntaba ni una cosa ni otra. Me absorbía la simple disrupción del encuentro con unos mexicanos totalmente desconocidos y la carretera, ah la carretera, todavía húmeda por la lluvia de ayer. Muy lejano tengo en la memoria el deseo de viajar interminablemente de una ciudad a otra. En un principio mi sueño se mitigaba con la idea de ser un trailero portuario, me veía transportando pesados contenedores provenientes de algún país asiático, pero de unos años a este día lo que más me obsesionaba era ser uno de esos «camioneros asesinos» que van exterminando a los indigentes que aparecen de súbito en los bordes de la cinta asfáltica, con mochilas descosidas sobre la espalda y una mano extendida haciendo autostop. Me asustaba de pronto esa obsesión siniestra, aunque luego la gozaba en silencio, en la oscuridad de mi habitación, con mi mujer durmiendo con la entrepierna sobre mi vientre y el televisor encendido en cualquier canal.

Al aeropuerto llegamos con un ligero retraso debido a un accidente de tránsito ocurrido poco antes de llegar a Mosgiel: dos autobuses de pasajeros habían equivocado una señal de tránsito y se habían estampado de frente justo a la salida del viaducto, quedando uno de ellos atravesado a lo largo de la carretera, el tsunami de cristales rotos sobre el pavimento y una mujer herida. Temía que Diego Valente y su familia creyeran que habíamos olvidado recogerlos y decidieran tomar un taxi para ir a la ciudad. Pero con solo entrar al estacionamiento, Julieta nos advirtió que la familia que estaba arremolinada en las sillas junto a las cajas de autopago parecían ser los mexicanos. Así fue. Diego nos alcanzó a atisbar a lo lejos y me alzó la mano, oteándola como si estuviera en una isla desierta y yo fuera su última oportunidad de salvación. Lo mismo su mujer y sus hijos, que venían enfundados en gruesas sudaderas azul marino.

Estacioné la vagoneta junto al primer acceso, cerca del cruce peatonal y hacia la puerta principal de la sala de espera, y descendimos de ella. Le hice la seña a Diego de que nos esperaran dentro, pues el frío nos impediría saludarnos a la intemperie como Dios mandaba. Cruzamos la calle y entramos por la puerta lateral. Entonces los vimos de frente: Diego Valente, alto, de una flacura quijotesca, moreno, pelón de rapa, con unos pantalones de mezclilla y unas botas de escalador de montaña. Lía, que fue como Diego presentó a su mujer, chaparrita, delgada aunque con caderas anchas y pechos saltados, morena, ojos chispeantes y cabello corto. Sara, la hija mayor, de unos trece años, delgada, pelo chino, labios bembones y ojos de sapo. Y Toni, de la edad de mi hijo Julio, moreno, nariz afilada, ojos hundidos en unas ojeras moradas, pelo de honguito y sin expresividad en la cara. Nos dimos un abrazo cálido entre todos. Lía comentó que si no traíamos lugar en nuestro coche no tenían problema en seguirnos en un taxi. La universidad nos dio la dirección de un hotel al que podemos llegar sin ningún costo, dijo, y me extendió un papelito con las señas. Le dije que habíamos alquilado una vagoneta y que cabíamos perfectamente. Lía le indicó a Sara que cogiera la maleta chica y el bolso y ella cogió la maleta grande. Diego no decía mucho, pero igual se hizo de las otras dos maletas grandes y le pidió a Toni que lo ayudara con un maletín negro donde traía su computadora y el paquete de documentos que le había entregado la universidad para su arribo. Subimos todos a la vagoneta: yo manejando, Diego en el asiento del copiloto, Maki, Sara y Lía en el asiento de atrás, y Toni, Julio y Julieta en el último.

Por el espejo retrovisor podía ver perfectamente a Lía, pues su lugar había quedado justo en el medio. De vez en cuando, nuestras miradas se cruzaban azarosamente y nos sonreíamos, como si a ambos nos alegrara mucho que dos familias de mexicanos se hubieran encontrado en el confín del mundo, justo antes de que la soledad dejara a una de ellas sin aliento. Maki y Lía empezaron a platicar desde que cruzamos el retén de la aduana. No platicaban, en realidad, chisporroteaban. Imposible saber qué tanto se decían. Diego, en cambio, hablaba a cuenta gotas. Tenía yo que hacerle preguntas, como en un interrogatorio judicial, para poder enterarme cómo les había ido durante el viaje, por qué decidieron venir a Dunedin, en qué Departamento trabajaría exactamente. Diego había estudiado bioestadística, pero venía contratado como *lecturer* para un proyecto sobre el cáncer de mama. Su contrato era, en efecto, lo que llaman un *confirmation path*, esto es, un contrato que de pasar una evaluación quinquenal se haría permanente, como lo fue en mi caso. Era de la Ciudad de México y nunca imaginó que fuera a ganar la plaza.

Llegamos al motel sin ningún contratiempo y luego de confirmar que la reservación fuera la correcta, bajamos las maletas y los instalamos en un cuarto que más bien les quedaba chico, considerando que solo tenía una habitación y una pequeña sala de estar contigua a un patiecito interior. Antes de marcharnos le dije que si quería podíamos vernos para cenar esa misma noche, o bien podía recogerlos al siguiente día en la mañana —yo no tenía clases— para llevarlos a ver algunas casas en renta, deambular por algunos barrios y visitar algunas agencias de autos de South Dunedin donde ofrecían créditos de muy bajos intereses y no pedían anticipos asfixiantes. Como venían visiblemente cansados por el viaje, y ante la vacilación de Diego, Lía resolvió que lo mejor era vernos al siguiente día, ¿verdad, Diego? Éste asintió con la cabeza y nosotros consentimos en una determinación que nos pareció prudente. Subimos a la vagoneta y la fuimos a devolver a la agencia. Maki y yo, en la noche, coincidimos en que no nos parecía mal la familia, pero que, a decir verdad, algo no nos terminaba de encajar.

CUATRO

Amaneció lloviendo. Cuando me levanté en punto de las cinco de la mañana para ir al retrete, en medio de la absoluta oscuridad del pasillo —Maki había olvidado enchufar la bombilla afuera de la habitación de Julio—, la lluvia golpeaba pertinazmente la ventana de la ducha y el viento era un escandaloso chiflón que se colaba por una de las rendijas del tragaluz. Ya no pude conciliar el sueño, y de veras que lo lamenté. Me quedé mirando el techo, con las manos puestas sobre el plexo solar, pensando en la infección estomacal que no terminaba de abandonarme. Tenía un mes y medio padeciendo diarrea repentina e inflamación intestinal, y aunque en los análisis había aparecido todo «casi normal», no me sentía bien. El estómago me gorgoteaba como si hiciera gárgaras con bicarbonato. Maki me colocó el brazo sobre el abdomen, pero siguió roncando. Son de las pocas cosas que le admiro: que puede estar completamente dormida pero aun así consigue acariciarme el pelo o rascarme el culo hasta conseguir dormirme. En ocasiones pensar en la forma en que nos quedamos dormidos —esa frontera que divide el sueño de la vigilia— me produce una ansiedad terrible que me impide dormir. ¿En qué preciso momento uno se desconecta del mundo real para pasar al mundo del sueño? Es una pregunta que siempre me atribula. Y entonces algo en mi interior me frena a que cruce esa cerca de piedra que divide la vida de la muerte, pues cruzarla significaría dejar esta preciosa realidad de la cual soy amo y señor para entrar en aquella otra, llena de sombras inescapables.

Maki despertó media hora antes de lo acostumbrado. Te mueves mucho, Roque, dijo, reprochante. En realidad no me había movido ni un milímetro, pero no la objeté. Seguí con las manos puestas sobre el pecho. Maki se levantó, la piel blanca le refulgía más de lo normal, y fue al baño, luego a la cocina y después a llevar a los hijos a la escuela. Cuando volvió, yo ya estaba bañado y cambiado. La esperé recargado en la puerta cancel. Vamos un poco tarde, deslicé al subir a la camioneta. No contestó nada. Se dio la media vuelta y fuimos al motel a recoger a Diego y familia. En el semáforo de la George Street encendió un cigarrillo —uno de los malos hábitos que dejó nuestra separación— y después de darle una fuerte jalada me apretó los huevos varias veces, tal como se aprieta una pelotita de unicel. Tienes un buen mogote, Roque, lanzó. Avanza ya, le dije, al ver que el semáforo llevaba ya varios segundos en verde. Echó una fumarola y arrancó.

Diego y Lía estaban esperándonos en el lobby del motel, frescos como una lechuga. Lía se veía despampanante con esa mascada alrededor del cuello y los labios rojísimos. En Diego no percibí ningún cambio: el mismo mezclilla de ayer, las mismas botas de escalador de montaña y la misma camisa. Flaco y alto, parecía un palo. ¿Y los muchachos? Lía se disculpó diciéndonos que Toni no se sentía bien y que Sara lo cuidaría. También les dijimos que no asomaran ni la cabeza por la ventana ni abrieran a nadie, me dijo Diego al oído. Lo que hicimos después fue mostrarles rápidamente la ciudad y el campus universitario. Fuimos a la playa de St. Clair a desayunar en uno de los bares del malecón y después paramos en una de las agencias inmobiliarias de la King Edward, cercana al Pack'n Save, adonde iríamos después a comprar un poco de fruta, pan y leche para las meriendas.

En la agencia inmobiliaria nos abastecimos de todos los anuncios de casas en alquiler. La mujer que nos atendió fue amable, aunque apática a la hora de dar pormenores. Varias veces le preguntamos qué casas había por la zona de Brockville, Mornington o Pine Hills, zonas donde le aconsejamos a Diego rentar, y siempre nos contestó que la información estaba en los folletines, con su sonrisita de hiena. Le dimos las gracias y partimos. Antes de pasar al Pack'n Save nos detuvimos en la agencia de autos donde habíamos comprado nuestro coche. Ya no estaba el vendedor que nos vendió el nuestro, pero estaba otro más diligente. Nos mostró varios modelos y varios precios y le advirtió a Diego que si en realidad trabajaba en la universidad bastaba con que presentara su identificación para que lo eximieran del depósito. Lía me cerró un ojo en señal de asombro. Yo le cerré otro en señal de las buenas prerrogativas crediticias que daba ser universitario y, sobre todo, de lo cierto que era eso de que quien a buen árbol se arrima buena sombra le cobija. Maki no se enteró de nada: se había quedado afuera dándole la última jalada al cigarrillo. A Diego y a Lía les entusiasmó un automóvil que a mí jamás se me habría ocurrido elegir. Era una especie de contenedor pero en miniatura y con ventanas. No parecía tener estabilidad, menos aún elegancia. Un bodoque con llantas nada más. ¿Cómo lo viste?, me preguntó Diego, refiriéndose al auto. Maravilloso, le contesté. Hasta me dan ganas de cambiar el mío. Mi comentario los puso muy contentos. Me avergonzó haber sido un farsante pero no quería causarles ninguna desilusión. Cuando uno llega a una ciudad nueva todo tiene que ser nuevo; cada cosa —así sea la misma que hemos visto cien veces— debe significar un hallazgo, cada plan futuro un oasis.

Como la avenida de Mitre 10 estaba cerrada, volvimos por King Edward para acceder por el estacionamiento de atrás de Pack'n Save. Lía estaba muy contenta. Diego no conseguía salir de su rigidez. Maki observaba la escena como desde un miralejos, tirante, un poco recelosa aunque solícita. A mí me movía un gozo inexplicable. Diego y Maki se quedaron a la zaga, en unas ofertas de vinos que había junto al primer ingreso del supermercado. Diego le decía algo a Maki mientras ella sostenía una botella de vino tinto. Lía y yo nos adelantamos hasta el área de frutas. Cruzamos las canastillas de los vegetales y nos detuvimos justo frente a la montaña de manzanas, plátanos y duraznos. ¿Te gusta el plátano, Lía?, le pregunté. Pos claro, replicó Lía, apretando los labios y estirando los párpados. Descolgué un racimo del gancho y lo puse en el carrito. Juro que no fue hasta que llegamos a los refrigeradores de leche que caí en la cuenta del doble sentido de la respuesta de Lía con respecto a los plátanos, su apretón de labios y su mirada insinuante. Me avergoncé de mi ingenuidad, pero al mismo tiempo estuve orgulloso de mi falta de malicia, que siempre sobra donde falta el entendimiento.

Diego y Lía compraron fruta, leche, cereal, pan de molde, jamón y una Coca-cola de dos litros. Con tal bastimento harían un contrafuerte para cualquier contingente en el motel, que todavía tendrían reservado para una semana. Dejamos a Lía y a Diego en su refugio y Maki y yo fuimos a mi Universidad para sacar unas copias que necesitaba para mi clase de Poesía y dictadura. Cuando subíamos las escaleras, Maki me dijo algo que me torció las tripas hacia dentro: muy agradable Diego, fíjate. Pues a mí más bien me parece una piedra, repliqué, pero ya las tripas se me habían reventado dentro. Eso parece, pero no, sí se suelta, insistió Maki, esta vez más bien con ganas de sacarme de mis casillas. No quise seguir dándole cuerda a la conversación. Carraspeé al llegar a mi piso y entré en el cuarto de la fotocopiadora, pidiéndole a Maki que me esperara en mi oficina.

CINCO

Diego Valente y familia encontraron casa en Mornington dos semanas después de haber llegado. Era una casa de dos pisos con tres habitaciones, patio y traspatio, y una chimenea que podía reciclar tanto carbón como madera, cosa que en el invierno se agradece. Aunque parecía grande, en realidad la vivienda estaba adosada a otra de similares características. Nunca supimos por qué decidieron rentar una casa compartida y comprar un carro parecido a un contenedor, pero si es cierto que para el gusto se hicieron los colores, entonces lo importante es que habían quedado complacidos con sendas adquisiciones, sobre todo porque lograron inscribir a Sara y Toni en la escuela del barrio, donde unos días antes les habían dicho que no tenían cupo. Diego empezó sus clases en la universidad y Lía, luego de validada su visa de trabajo, inició una búsqueda frenética en la lista de vacantes del Dunedin City Council, que en su folletín mensual también incluía las ofertas de empleo de las empresas privadas. Lía era química farmacobióloga y había trabajado en una de las sucursales de la Coca-cola en Ciudad de México, además de haber administrado una pequeña cadena de farmacéuticas de la capital. Era muy activa y vital, y siempre que hablaba lo hacía con las comisuras abiertas. Como su mudanza llegaría en un par de meses, si bien les iba, fuimos una tarde al Harvey Norman a comprar un par de camas provisionales, estufa, refrigerador, lavadora y secadora. Algunos otros muebles accesorios los encontramos en una *Second hand* cercana al campus universitario: un antecomedor, un sofá cama, una podadora, un esquinero para la cocina.

Aquella tarde aprovechamos para decirles que el siguiente fin de semana sería la comida de bienvenida en nuestra casa. Vendrían algunos amigos venezolanos, chilenos, bolivianos y argentinos, un buen grupo de familias que seguro les haría bien conocer. Diego se mostró agradecido, aunque no lo dijo más que con un movimiento de cabeza, y Lía ofreció llevar un platillo especial para compartir, una botana y un tequila. Ay, amiguita, le dijo Maki, vas a venir bien armada. Pos clarines, replicó Lía. De más está decir que quienes bajamos los bártulos del remolque fuimos Maki, Lía y yo. Diego se esfumó con el argumento de que tenía que enviar urgentemente un documento migratorio a la administración de su Departamento y no apareció hasta que Lía le gritó que si no bajaba a la cuenta de tres ella misma subiría para bajarlo de las greñas. Luego de decirlo, nos hizo una mueca de enfado y dijo: es un burro éste. Maki y yo sonreímos. Estábamos sentados en una mesita que Diego había metido en los dos metros cuadrados que tenía de cocina. Apenas podíamos estirar los pies. Diego lo había convenido así porque no quería ensuciar la alfombra sobre la cual descansaría el enorme comedor que les había regalado su madre el día de su boda, mismo que llegaría pronto y que tampoco usarían para no desgastarlo. Como la incomodidad era superior a mi prudencia, no pude evitar decirle a Lía que el dinero del mezquino anda siempre dos veces el mismo camino, pero Lía creo que no me escuchó o se hizo como que no me escuchó o simplemente no entendió nada de lo que le dije, porque al terminar de decirlo nos preguntó que si no nos apetecía quedarnos a comer. Le dijimos que no, ellos todavía tenían bastante por arreglar en las próximas semanas y las mudanzas tenían la particularidad de dejarlo a uno sin un hilito de fuerza al final del día, así que había que aprovechar cualquier oportunidad para descansar.

Terminamos de beber el vaso con agua y partimos rumbo al Moana Pool, donde recogeríamos a Julio y Julieta de la clase de natación. Al dar la vuelta en la esquina de la High Street para tomar la empinada de Pitt Avenue, Maki me reprochó el desagradable comentario que había hecho sobre el comedor de Diego. En cualquier otra circunstancia le habría contestado con una evasiva o simplemente habría reconocido mi exabrupto, pero en aquella ocasión me incordió que, pese al anómalo comportamiento de Diego, Maki no solo intentara justificar su miseria humana sino que todavía lo defendiera arguyendo que estaba atolondrado con todos los trámites que tenía que hacer. Solo para refrescarme la memoria, Maki me recordó los nuestros: el arreglo de la residencia, la lectura de toda la normativa universitaria, que nos exigían antes de empezar clases, la contratación de luz, teléfono, internet, el examen de conducir, la preparación de clases, el registro con el médico familiar, los arreglos de la casa. Aun así, su sensatez me sacaba de quicio. Solo por fastidiarla, le dije que notaba que Lía la miraba con unos ojos medio raros, que incluso la había descubierto viéndole el escote el otro día en la inmobiliaria y las nalgas mientras caminaba por uno de los pasillos del supermercado. Y no me digas que no te has dado cuenta, reproché, mientras me estacionaba en uno de los cajones del estacionamiento. Sí, dijo Maki, con sobriedad, claro que me he dado cuenta. Maki habla así cuando lo hace en serio, no da pie a confusiones ni a dobles interpretaciones. Lo hace con resolución. Por eso su respuesta me estampó contra un callejón sin salida. Si le confesaba que era solo una broma lo que acababa de decirle, ella seguro me diría que entre broma y broma la verdad se asoma, luego me escupiría en las narices y finalmente me avergonzaría diciéndome que no volviera a tratarla como a una boba. Si continuaba en lo dicho, en cambio, alentaría palabras que no querría escuchar, aunque en ciertos momentos imaginarla con otra mujer me produjera un placer intransferible. Preferí no decir nada y mejor advertir que si no nos apurábamos el *chipi chipi* de lluvia que empezaba a caer se nos convertiría en una insana tormenta. Recogimos a Julio y a Julieta y luego de cenar en la pizzería junto al jardín Botánico nos aburrimos un rato dando vueltas por la George Street, mirando a los vagabundos en las bancas a las afueras del Meridian y contando las luminarias fundidas que todavía no reparaba el Ayuntamiento. Dunedin es hermosa de día, pero nada hay peor en la noche para una familia con dos hijos pequeños que esta ciudad de edificios desmantelados y barrios fantasmales. Los comercios cierran a las cinco de la tarde y solo quedan dos supermercados y un pequeño centro comercial, que al cabo de un mes de olisquear sus anaqueles terminas por vomitar. Aparte de esto: calles vacías, gente sin rumbo y oscuridad. Aquellos paisanos que me escribían para pedirme que los ayudara a huir de la Ciudad de México porque ya no soportaban el ruido, yo les contestaba: igual de insoportable es el silencio. Jamás imaginé que al cabo de los años de vivir en esta isla de paisajes irresistibles, playas inmaculadas y un cielo siempre azul llegaría a esta triste conclusión, pero es así. Ni uno come trozos de paisaje, ni rebanadas de cielo, ni mucho menos bebe un poco de agua de mar; lo único que realmente necesita uno en la vida es tener alguien con quien conversar.

Y tal vez fue precisamente eso lo que nos empujó a ser más tolerantes con esos pequeños detalles que nos disgustaban de Diego y familia. Di la vuelta al final de la Princess Street, porque Julio tenía ganas de hacer del baño, y regresamos a casa, no sin antes parar en el Dairy a comprar un poco de jamón y una barra de pan blanco para los lonches de mañana. Esa noche jugamos Uno y Scrabble y comimos palomitas. Julieta, como siempre, hizo berrinche al perder dos de las tres partidas. En la madrugada Maki y yo hicimos el amor, y después nos quedamos hablando de lo complicado que ha sido recuperar la mutua confianza después de nuestra separación. Coincidimos, un poco lamentándolo, en que ese muro invisible que seguía dividiéndonos en lo profundo no se terminara de caer. ¿Qué lo sostenía, si ya nosotros mismos le habíamos dado la espalda? No lo sabíamos, pero ahí seguía, incólume e indoblegable. Nuestras voces fueron un hilo delgado de la noche hasta que un vientecillo las apagó y nos quedamos dormidos. Sin haber llegado a nada, como siempre.

SEIS

Maki despertó temprano y, luego de resolverse el pelo en dos trenzas, se puso a tortear. Le gustaba tener todas las tortillas hechas y envueltas en papel aluminio antes de que llegaran los invitados. Lo mismo hacía con la comida: la preparaba y dejaba bien aliñada solo para servirla a la hora exacta. Yo era de la idea de que se podía conversar sin dejar de tortear, tomando una copa de vino, digamos un poco alternando relajadamente la interacción con los parroquianos, por un lado, y la preparación culinaria, por otro. Nunca pude convencerla.

Mientras Maki amasaba, yo saqué del armario del sótano el asador para preparar la carne, porque ofreceríamos tacos de asada y de adobada, gracias a un adobo que encontramos hacía no menos de un mes en una tienda de comida china. Le pregunté a Maki que si quería que embadurnara la adobada con piña y me dijo que no. La adobada venía muy blandita y la piña prácticamente ocasionaría que se nos deshiciera en el paladar. Mientras hacíamos los preparativos bebimos un par de copas de vino tinto y escuchamos canciones de Álvaro Carrillo. Julio y Julieta levantaron en el jardín una malla para jugar bádminton y voleibol y luego acomodaron las sillas en la pequeña terraza, donde los menores comerían.

A las dos en punto de la tarde empezaron a llegar los invitados: Mario y Valeria, primero, luego Berni y Marijó, después Ricardo y Linda, y al final Diego y Rosalía. Arturo y Lola se disculparon porque a la madre de Lola le acababan de diagnosticar cáncer y eso los tenía con la cabeza volteada. Valeria trajo una pizza y Linda un pastel de guayaba riquísimo, a ella que tanto le gusta la repostería. Marijó unas empanadas de carne picada y Lía unas enchiladas verdes. Aunque había sol, hacía un poco de frío, de manera que me aplaudí haber encendido la chimenea a primera hora de la mañana, contra la voluntad de Maki. Linda dejó el pastel sobre la mesa y Lía metió las enchiladas al horno, debajo de la parrilla donde Valeria había colocado la pizza. Las empanadas quedaron sobre la mesita de centro de la sala porque Marijó consideró que bien podrían servirnos de entremés. Esperé a que todos estuvieran sentados alrededor de la chimenea para decirles que estábamos muy contentos de presentarles a los nuevos integrantes de la pequeña comunidad latina en Dunedin: Diego y Rosalía, mexicanos, ambos profesionistas, jóvenes —como pueden ver, les advertí, y todos se rieron— y vecinos del barrio de Mornington, el mismo de Arturo y Lola y a un par de kilómetros del de Berni y Marijó. Todos les dieron la bienvenida y les ofrecieron apoyo, de necesitarlo. Maki, mirando a través de la ventana jugar a los hijos de Marijó y Berni y a los nuestros propios, les indicó que iba a ser muy bueno para Toni y Sara integrarse con otros chicos latinos para conservar su español. Aunque no lo creyeran, una vez inmersos en sus escuelas e integrados a la cultura empezarían rápido a perder el idioma. Luego de un intercambio de preguntas y respuestas, Maki abrió algunas cervezas y sirvió un tequila y unos pepinos y yo descorché una botella de vino tinto. Berni y Mario, ambos argentinos y psiquiatras, empezaron a informarle a Ricardo, boliviano, sobre las deplorables condiciones de los hospitales de psiquiatría de Dunedin mientras Maki, Linda, Valeria y Marijó le hacían preguntas un tanto comprometedoras a una Lía vivaz y conversadora que las contestaba sin escrúpulos.

Como yo vi que Diego se había quedado en medio de la nada, sentado en una postura rígida al lado de la chimenea, le ofrecí una copa de vino tinto y me senté junto a él, sobre el respaldo del sofá cama. Los niños jugaban voleibol en el jardín, bajo un cielo que empezaba a nublarse. Para cuando yo me levanté a asar la carne, Ricardo ya les había hablado a Berni y Mario, con pulcro detalle, de su ascendencia alemana, de las minas de oro que su abuelo había encontrado en Santa Cruz y de sus lamentables pérdidas en la bolsa de valores. Berni lo habría escuchado seguramente con prudencia y Mario habría ironizado más de alguna vez a fin de restarle densidad a la calamidad financiera que acababa de padecer Ricardo. Absorbido como estaba pensando en sabe qué diablos, apenas me percaté de la presencia de Lía mientras asaba la carne. Me asustaste, mujer, le dije, inclinando medio cuerpo hacia atrás, con un pedazo de carne atenazado en las pinzas que sostenía con la mano derecha. ¿Tan fea estoy?, dijo Lía, y fue ahí que la noté ligeramente enrojecida de los pómulos, los ojos dilatados y un parpadeo lento. Tú sabes que no, chaparrita, le dije, espoleado por las dos copas de vino tinto que me había bebido antes de que llegaran y los tres tequilas posteriores a su arribo. Lía se aproximó un poco más al asador, con el filo del vaso de cerveza presionando sus labios, y se colocó al lado mío, tan cerca que podía sentir su respiración. Alcé la vista hacia el marco del ventanal de la cocina y vi que Maki estaba limpiando en el fregadero un racimo de rábanos, mirando en dirección nuestra, aunque no fijamente. Lía no se percató de su presencia, pues no conocía los ángulos ni los puntos de mira de la casa, de lo contrario habría evitado tocarme de una forma insinuante con su dedo índice (de la misma mano con que sostenía el vaso de cerveza) mi ombligo. Para luego decirme: me calientas, Roque.

Su lanzada me tomó por sorpresa. No supe qué decir. Lo primero que hice fue voltear de nuevo hacia el ventanal de la cocina: Maki, por fortuna, había desaparecido. Dudaba que hubiera visto algo, aunque la probabilidad existía. En medio de todo ese torrencial de impulsos comprometedores, cualquiera habría buscado deshacer el nudo y largarse, pero yo no lo hice. Esperé incólume la segunda lanzada de Lía, que llegó hasta mí resuelta en una inescapable pregunta: ¿yo no te caliento, Roque? Alcé la vista de nuevo hacia el ventanal de la cocina y volví a ver a

Maki inclinada frente al fregadero, su cabeza erguida en dirección nuestra. Esta vez nos miraba, pero de la misma manera en que uno mira cuando está pensando en otra cosa. Abría una lata de chiles jalapeños. Mucho, contesté. Y me di cuenta de que me castañeteaban los labios. Lía no dijo nada. Sorbió el vaso de cerveza, se dio la media vuelta y volvió a ingresar en casa, subiendo las escalerillas apoyándose con el codo en el muro de ladrillo. Ya casi está la carne, muchachas, alcancé a escuchar que dijo Lía al entrar al recibidor. No alcé la vista esta vez, la sentía tan pesada de vergüenza que ni siquiera habría podido recostarla.

Lo que vino después ya no vale la pena contarlo: devoramos tacos con demasiada salsa roja y verde, engullimos papas con guisantes, bebimos más de la cuenta, nos quejamos de la monotonía de la ciudad y de la apatía de los neozelandeses, y al final nos despedimos con el compromiso de volvernos a reunir pronto. Luego de que los niños se fueron a la cama y Maki terminó de recoger el cochinero en el que se había convertido la casa —platos y vasos sucios, migajas de pan en la alfombra, servilletas enterregadas sobre la mesa, etcétera—, nos quedamos en la sala viendo una película argentina. Las dos horas que duró la cinta estuve esperando que Maki me dijera algo de la escena que avistó a través del ventanal de la cocina, pero no dijo nada; ni una alusión ni una indirecta ni nada. Estuvo cariñosa y hasta cachonda, e incluso me dijo que aun cuando todos los días recordaba alguna de mis infidelidades, jamás a nadie había querido tanto como a mí.

SIETE

Varios días estuve pensando en que lo de Lía había sido un mero traspié. Era una mujer atractiva y echada hacia delante, como dicen, pero su personalidad tendía a ser más bien la de una mujer honorable. Alegre, franca, extrovertida, pero lo suficientemente racional como para no perder los estribos. Estaba convencido de que se le habían pasado un poco las copas aquella tarde —al fin, el motivo lo ameritaba— y había cometido, muy a su pesar, tal imprudencia.

Seguramente por eso su ausencia se resintió días después. Ni Diego me había llamado para nada, pese a que habíamos acordado ir a la librería de viejo donde yo compraba algunos cuadernos de texto para mis clases, ni mucho menos Lía a Maki, pese a que Maki la llevaría a la estética donde se emperifollaba el pelo. Maki misma notó el alejamiento y me preguntó que si sabía algo. Le contesté encogiéndome de hombros. La actitud de Diego aquella tarde había sido una mera extensión de la del primer día que los recogimos en el aeropuerto: callado, siempre contestando con monosílabos, incluso un poco nervioso e inseguro. Verlo varias veces junto a Maki, sin embargo, me fastidió. La miraba con una mirada distinta. No era que sus ojos pasaran por encima de su piel y siguieran de largo hacia otro rostro o espalda, era que se detenían en ella y la penetraban, abriéndola por dentro en dos mitades, tal como se abren los cuerpos en las planchas metálicas del Servicio Médico Forense.

También Maki tenía una simpatía extraña hacia él. En momentos la interpretaba tan cordial que invadía los lindes del flirteo. Si quieres le llamo, dijo Maki, inclinándose para recoger unas gotas de miel que se le habían derramado en el tapiz del suelo. ¿A quién?, pregunté seguro de que se refería a Lía, pero solo con ganas de corroborarlo. A Diego, dijo Maki. ¿A Diego? Maki me explicó que Lía le había dado su teléfono móvil pero había perdido el papelito donde lo anotó, y que como Diego le había llamado el otro día su número le había quedado registrado automáticamente. Me sorprendió que desvelara algo de lo que no había tenido noticia antes, pero no quise indagar más para no evidenciar que el hecho me perturbaba. Aun cuando todos sabemos que el amor sin celos no lo dan los cielos, desde que Maki dejó a Tom para regresar conmigo yo lo que menos quería era mostrarme blandengue. Por eso, con el pretexto de invitar a Diego a que se uniera al equipo de futsal que regenteaba en los torneos del Edgar Center, le dije a Maki que no se preocupara; yo lo llamaría más tarde y de paso aprovecharía para invitarlo a que soltara un poco las piernas en el próximo campeonato. Ok, dijo

Maki, arrojando a la basura la servilleta con la que había limpiado el chorrete de miel.

Cuando Maki fue a llevar a Julio y Julieta a clase de natación, aproveché para llamar a Diego. No lo hice antes a fin de evitar que mi impaciencia delatara los celos que acicateaban mis tripas. El teléfono sonó tres veces y, luego de un breve silencio, la voz temblorosa de Lía se escuchó al otro lado de la bocina. «Hello», dijo Rosalía, pensando que se trataba de algún agente de inmigración. Su voz sonaba igual a la de siempre, aunque esta vez titubeaba un poco. Era normal: seguro se estaba enfrentando a las inclemencias ocasionadas por no hablar uno en su propia lengua. Soy Roque, Lía, dije. Ah, replicó, con alivio. Lía se relajó inmediatamente. Me preguntó que cómo estaba y le dije que muy bien. Le pregunté entonces qué había sido de ellos y me dijo que andaban patas pa' arriba acomodando casa, escuelas, universidad, servicios… Un mundo de cosas. Me imagino, dije, y cuando apenas le iba a decir que no dudaran en llamarnos de ocupar cualquier ayuda, Lía intervino para decirme que justo ahora durante el desayuno se estaba acordando de nosotros y le había comentado a Diego que nos llamaría para saludarnos, luego de varios días de ausencia. Le dije que eso mismo habíamos estado platicando Maki y yo esa mañana. Como de pronto se hizo un silencio un tanto insólito, vi la ocasión para preguntarle a Lía por Diego. Ella me dijo que estaba en la Universidad. ¿Pero no es hoy su día de investigación?, pregunté, recordando que los jueves o viernes era su día de investigación y podía quedarse en casa para trabajar sin interrupciones. Lía me dijo que sí, pero que Diego se iba de todas formas a la universidad, desde las siete y media de la mañana hasta la noche, que vuelve. ¿Y a qué horas son esas? Ocho u ocho y media, dijo Lía. Se me hizo raro que Diego no aprovechara la oportunidad que nos brindaba la Universidad para poder quedarnos en casa a investigar y escribir. Yo, por ejemplo, elegía siempre los lunes o los viernes para mi día de investigación. De esta forma, los fines de semana me quedaban largos: o bien viernes, sábado y domingo, o bien sábado, domingo y lunes, lo que me permitía poder organizar un viaje a otra ciudad o incluso país, considerando que había un vuelo directo de Dunedin a Brisbane de no más de cinco horas. Pensé que tal vez por ser los primeros días de adaptación académica, Diego no quería quedarse a la zaga, pero poco después sabría que esta conducta era habitual en él: se iba antes de clarear y volvía después de oscurecer. Este dato, que entonces me pasó totalmente desapercibido, adquiriría más adelante un valor inapreciable.

¿Quieres que le dé algún recado? Le dije a Lía que le llamaba para invitarlo a unirse a nuestro equipo de Futsal. Jugábamos los martes en la tarde, y bien le haría sacarse un poco el estrés echando patadas a diestra y siniestra. Lía me dijo que no creía que quisiera porque a Diego no le gustaba nada, pero que igual le preguntaría y le pediría que me llamara. Dile que se va a divertir, le dije. A veces, terminando, nos vamos a tomar una cervecita al bar de la vuelta y… Está bien, dijo Lía, interrumpiéndome, yo le digo. Ok, le dije. Besitos, guapo. No me dio tiempo a contestarle nada. Lía colgó inmediatamente después de terminar la conversación con esa frase que volvió a parecerme desarticulada y peregrina. Me quedé algunos segundos con la bocina pegada todavía a mi oreja. Miraba el atardecer por la ventana. La oscuridad que empezaba a bajar por la montaña invadía la ciudad, poblada de densas nubes y viejos árboles doblegados por el tiempo.

OCHO

Cuando recogí a Diego en su domicilio para ir al Edgar Centre, donde se estrenaría jugando con nosotros al futsal, Lía me miró desde la ventana con una expresión que no entendería sino mucho después. Se despidió de mí, levantándome la mano en la lejanía del segundo piso de su casa, todavía medio en penumbras. Diego ni siquiera elevó la cabeza, permaneció con la mirada hacia el fondo de la calle, que empezaba a lo lejos a oscurecer. Le alcé la mano a Lía y me despedí de ella profiriendo una sonrisa indulgente, intentando con ello ser amable.

Durante el trayecto Diego habló realmente poco. Era parco y notorio que le costaba interactuar con los demás. Tenía yo que sacarle las palabras casi con sacaclavos. Entre lo poco que hablamos no pude evitar preguntarle cómo le había sentado a Lía y a los chicos el cambio de país. Diego respondió primero que todo había estado bien, que era la forma escueta en la que solía contestar, pero ante mi insistencia no tuvo más remedio que abundar en la cuestión un poco más. Lía no estaba muy contenta. Recibió la noticia como se recibe un balde de agua fría. Diego le había soltado todo de súbito. Nunca le dijo que había enviado la solicitud de trabajo, luego que había sido seleccionado en la *short list*, y tampoco que había mantenido dos entrevistas previas, por teléfono y por Skype. Todo esto habría preparado sin duda a Lía para recibir la noticia del cambio menos arrolladoramente. ¿Se molestó?, le pregunté. Sí, un poco, repuso Diego sin dejar de contemplar el horizonte de la oscura avenida. Lía se había forjado un círculo de amigas en la empresa en la que trabajaba y estaba muy acostumbrada a una rutina laboral que incluía salidas ocasionales los fines de semana, viajes cortos a Cuernavaca para capacitación y festejos del mes, que la empresa celebraba a sus trabajadores como una forma de estimularlos. No reparé en ese momento en la escasa comunicación que existía entre Diego y Lía, y más tratándose de una decisión tan importante en la vida de ambos. Lo dejé pasar como un dato accesorio, incluso como parte de una determinación precautoria: Diego no pondría nerviosa a Lía sin antes saber si le concedían o no la plaza; ¿qué sentido tendría angustiarla desde un primer momento? En mi caso fue todo lo contrario, pero la vida me ha enseñado que cada cabeza es un mundo y que más vale ser prudentes: no todos gozamos la feria de la misma manera.

Aparqué a unos cuantos metros de la entrada del Édgar Centre, lo que evitó que nos mojáramos con una lluvia pertinaz que nos sorprendió justo unos minutos antes de llegar. En Dunedin llueve todo el tiempo, Diego, le dije. Llueve en la mañana, luego sale el sol, después vuelve a llover, luego vuelve a salir el sol: para que te vayas preparando. Diego ni asintió ni negó, ni siquiera hizo una mueca, siguió con la vista posada sobre la luz que proyectaban los faros. Antes de ingresar, me detuve en la recepción y le dije al encargado que Diego era un nuevo integrante de mi equipo, para que lo registrara. El encargado, amable y diligente, anotó el nombre de Diego en una libretita cuadriculada y le dio su número: 8, Tigres. Así se llama el equipo, susurré a Diego. Gracias, dijo Diego al recepcionista. Mientras nos dirigíamos a la cancha, le expliqué a Diego que el equipo lo había formado yo hacía un par de años y que estaba integrado por puros jugadores latinos, aunque a veces se colaba algún que otro neozelandés, esposo de una cofrade latina. Yo mismo le puse los Tigres porque éramos unas fieras para jugar, no obstante siempre perdiéramos. Pese a que deslizaba estas bromas para motivar a Diego y sacarlo de esa especie de limbo en el que flotaba, él no se inmutaba. Parecía aterido, tal cual estuviera llegando a una ciudad desconocida y ruin.

La cancha que nos tocó era de duela y los colegas se quedaron sorprendidos cuando me vieron llegar con aquel palo de escoba. Yo sabía que no era el mejor de los fichajes (sobre todo en un momento en el que el equipo más lo necesitaba), pero en una oportunidad que tuve les argumenté que la idea era ayudar a estos paisanos a que se integraran al nuevo hábitat lo más rápido posible. Un anhelo loable, qué duda cabe.

Los colegas tenían razón, sin embargo. No había forma de que Diego atinara con el centro de la pelota. Corría de un lado para otro, como rodeando siempre las jugadas, y cuando había que enfrentarse al oponente, brincaba, daba saltitos y se escabullía. Yo noté algo raro en su rigidez, no era común; además, los movimientos de sus brazos estaban desacompasados, como desconectados de sus manos. Era raro hasta para correr, pero como también así lo era Francisco, el defensa chileno que teníamos, tampoco me pareció un rasgo de valor. Lo importante no era ganar, sino divertirse, esta era nuestra filosofía y, en casos como estos, teníamos que aferrarnos a ella. Aquel día perdimos 20 a 0, pero aun así lo celebramos en el bar de la avenida Anderson Bay, como cada semana.

Diego se sentó a mi lado y junto a Arturo, el más aguerrido de nuestros jugadores. Era un español cinta negra que se tomaba demasiado en serio nuestras derrotas; sin embargo, esa noche fue prudente y no le hizo preguntas incómodas a Diego, quien apenas sorbía la cerveza. Un poco antes de la media noche, se acercó a mi oreja y me dijo: ¿podríamos volver a casa? Mañana tengo que estar temprano en la universidad. Le iba a decir que esperase unos minutos (normalmente nos disolvíamos a eso de la una de la madrugada), pero lo vi nervioso, tenso, y con un tic en el ojo, que abría y cerraba incontrolablemente.

Me despedí de la camarilla y salimos. Diego caminaba detrás mío aparentando serenidad, pero cualquiera habría notado que estaba nervioso. ¿Te sientes bien, Diego?, recuerdo que le pregunté. Sí, sí, dijo, es solo que me duele un poco la cabeza. Ante la evidente tomadura de pelo, no insistí. Ingresamos en el auto y volvimos donde su casa por la misma ruta por la que habíamos venido, solo que esta vez cogí el atajo de la

Serpentine para detenerme a comprar unos chicles de menta en el 24 horas de Mornington. Diego no quiso bajarse, tampoco quiso que le comprara nada. ¿De veras? No, gracias, aseguró. Entré en el 24 horas y mientras pagaba pude verlo desde un ángulo del ventanal que a él, desde afuera, le impedía vislumbrarme. Se veía los ojos con detalle (y cierta desesperación) en el espejo retrovisor, también las orejas y los pómulos, como buscándose algo. Luego se tallaba la cara de arriba abajo y volvía a verse el rostro, los ojos, abría la boca y se asomaba al interior, y después volvía a verse el rostro con impaciencia. Todavía al volver a ingresar al auto le pregunté si se sentía bien. Aquí, a menos de un kilómetro, hay una farmacia, y le señalé la ruta con el dedo. No, dijo Diego, todo bien. Encendí el motor y avancé por la misma calle, doblando hacia la derecha en la rotonda para tomar la avenida que me llevaba a su casa. Estamos a un par de calles, dije. Él movió por fin la cabeza, de arriba abajo. Me detuve afuera de su casa, en el ingreso a su garaje, sin apagar el motor. Diego abrió la puerta y me dio las gracias. La claridad de la luna llena me permitió ver que sudaba de la frente, igual que de sus sienes y su nuca. Nada que agradecer, le dije. Diego bajó y yo todavía estuve unos segundos detenido esperando a que ingresara en su domicilio. Alcé la vista y vi en la ventana a Lía, quien parecía que no se había movido de ahí desde que nos fuimos. Me levantó de nuevo la mano, yo le respondí de la misma manera. Luego soltó la cortina y se perdió en la penumbra.

NUEVE

Aunque no era mi día de investigación, aquel lunes que no tuve clases decidí quedarme en casa. Maki y yo aprovechamos mi osadía para ir a desayunar al Meridian: ella un kebab de pollo con borrego y yo un curry de res en salsa roja. Tomamos café y compartimos un pastel de zarzamora, sabroso pero, para mi gusto, demasiado dulce. Aunque llovía ligeramente, como casi siempre, las calles estaban empapadas y la gente caminaba con lentitud, como si de un momento a otro se hubiese quedado sin destino alguno.

Antes de volver a casa, Maki entró en un 24 horas para comprar una barra de pan. Mientras estaba en el 24 horas me pareció ver a Tom, la ex pareja de Maki, cruzando hacia la calle opuesta a la que estábamos. No sabía si había salido del 24 horas, donde había estado Maki minutos antes, o del restorán turco. Tampoco sabía si era él o se me había figurado. En cualquier caso, si se había encontrado con Maki en el 24 horas no se lo iba a preguntar, a menos que ella, movida por un oscuro remordimiento, me lo revelara. Y si había salido del Turco, no sería yo quien convocara una conversación que me causaría urticaria.

Todo el trayecto de regreso a casa vine experimentando una sensación extraña con respecto a Maki y Tom. Ciertamente lo odiaba al hijo de perra, pero había momentos, como el de aquel día, en que me excitaba pensarlo en la cama con mi mujer. Ignoro si pasados los años, luego de haber estado mucho tiempo con una misma pareja, estas ganas de explorar nuevas formas de la sexualidad se vuelvan consuetudinarias, o, por el contrario, no sean más que una desviación solo de las mentes perversas; lo cierto es que al volver a casa Maki y yo entramos en la cama y durante el trayecto de ida y venida de nuestros cuerpos yo empecé a preguntarle sobre cómo era eso mismo con Tom y si aceptaría que un día se uniera a nosotros. El solo hecho de fantasear con la idea de que estuviéramos Tom, Maki y yo en la misma cama me internaba en zonas más intensas y voluptuosas. Recuerdo que Maki, igualmente extasiada y en ese instante sin ningún tipo de atadura moral, me decía que sí, que viniera Tom y se uniera a nosotros. Yo me inclinaba al oído de Maki para susurrarle si le gustaba cómo se lo hacía Tom y ella, con los párpados dilatados, me decía que sí, que a ella le gustaba cómo se lo hacía Tom, y que además le encantaba engancharse a sus brazos y morderle sus pezones y apretarle sus nalgas duras, y mientras todo esto me lo decía yo me ayuntaba más a ella y más la deseaba, y ella se ayuntaba más a mí y más me deseaba también. ¿Y si invitamos a Lía? Se lo pregunté poco después de escucharla hablar tan apasionadamente de Tom, y Maki me dijo que sí, confesándome que las caderas y los pechos y los labios de Lía estaban como hechos para mis manos, sí, y que toda Lía le parecía igualmente hecha para mí. Que sí la invitáramos, dijo Maki, que la invitáramos. Pensé que Maki, abandonada a esa delectación, aludiría en cualquier momento a Diego, con quien yo notaba una atracción inusual, pero no lo hizo; siguió afirmando con la cabeza hasta que empezaron a temblarle las piernas y a cerrársele la garganta y luego los ojos se le volvieron nubes y las nubes terminaron ardiendo en medio de la cama, hasta dejarla bocabajo con la espalda contra la pared, extenuada luego de la terrible batalla que acabábamos de librar.

Pasada la vehemencia ya no volvimos a tocar el tema. Ni una sola palabra más: Tom volvía a parecerme el hijo de perra que había sido siempre y Lía se empezaba a transformar en esa amante secreta que era preferible negar. Maki tampoco hablaba de Tom. Cuando se refería a él lo hacía más bien con indiferencia, como si en realidad haberlo encontrado en su camino hubiera sido un error. Maki y yo estuvimos esa mañana varios minutos echados en la cama, desnudos. Y esa fue la primera vez que hablamos en serio de regresar definitivamente a México. Llevábamos casi una década ya en Nueva Zelanda y muchas cosas habíamos perdido por persistir en el exilio. No eran pocas las ganancias, es verdad, pero nada comparable con las pérdidas, que nos habían convertido en endebles espigas sembradas en el aire. Porque estar entre los que no hablan tu propia lengua, entre los que no tienen tus mismos hábitos, vivir bajo un cielo distinto y alimentarse de una raíz que no llega a tu raíz, mojar tu cuerpo con la espuma de otro mar durante casi una década es cosa peor que masticar rieles. Tal vez después del viaje a Japón de principios del próximo año, o antes, volveríamos. Pero yo mismo me preguntaba: ¿a qué? La familia, decía Maki: los padres, los hermanos, los primos, las calles, nuestros paisajes, un par de taquerías, tus mercados, la Feria. Yo estaba de acuerdo en las calles, los paisajes, en mis taquerías y mercados, en la Feria de Todos los Santos, ahora desdibujada en mi memoria; en los padres, sobre todo en mi madre, que se entrega sin preguntar cómo o cuándo; pero no así en los hermanos, los primos hermanos, los primos a secas. Más allá del lazo que nos une a nuestra madre, le dije a Maki esa mañana, todos los vínculos familiares son una mierda. Hermanos, primos hermanos, primos: una total caterva de malparidos que no mueven un solo dedo por ti sin antes cerciorarse de que obtendrán algo a cambio. Maki me reprochó esta forma de entender los lazos filiales, pero al final del día me dio la razón. Sus hermanos solo le hablaban para conseguir algo de ella, y nunca estaban cuando ella misma los necesitaba. Concluimos que la única razón por la que no debíamos pensarlo dos veces era por Julieta, a quien le caía muy bien el sol mexicano, el afecto de la gente y hablar su lengua madre, entonces socavada por el inglés.

Maki y yo estuvimos abrazados en la cama hasta la hora de ir a recoger a los niños a la escuela. No podía evitar, al tocar su cuerpo desnudo, preguntarme qué realmente ama uno de la mujer que ama.

Visto sin romanticismos, solo somos un saco de carne y huesos. Sangre embutida en las venas, órganos que al abrirse nos producen asco, piel reseca y flácida y un nudo de sentimientos inexplicables y contrariados. ¿Qué quiere uno del otro, entonces? Le preguntaba a Maki asida a mi cuerpo y ella solo se encogía de hombros, sin entender muy bien mi costumbre de intentar responder preguntas cuyas respuestas a nadie le importan. En cualquier caso, me gustaba contemplar su desnudez, disfrutaba verla de espaldas enfundándose las bragas y atándose el *brasier* contra sus pechos caídos. Luego verla atravesar el jardín por el camino de piedra, subir al coche y partir.

DIEZ

Era la tarde y estaba con los pies alzados sobre el marco de la ventana de mi oficina cuando sonó mi teléfono móvil. Pensé que se trataba de Maki, que había ido a entregarle al abogado las llaves de la casa de Tom, pero al acercarme a la pantalla titilante vi el nombre de Diego. Le contesté más bien por inercia, pues no tenía ganas de hablar con nadie. Aunque Maki solo resolvería con el abogado lo que esperaba fuera la última secuela de su relación con ese malparido de Tom, la idea de pensar que en realidad se encontraría con él para firmar juntos el consentimiento me había roto la entereza. Contesté, sin embargo, procurando que no se me notara mi desazón, incluso si alguien me hubiera visto desde una esquina o umbral de puerta habría sin duda considerado que lo hice con júbilo. Dime, Diego. Del otro lado de la bocina se escuchó una voz tibia y entrecortada, aunque con pretensiones de ser vivaz. Diego me dijo que si podía ayudarle a subir un colchón al segundo piso de su casa. Su proposición me dejó, en principio, extrañado. Mis últimas tres mudanzas de casa las había hecho yo mismo, sin ayuda de nadie. Había cargado no solo los muebles de sala y de cocina, sino también las bases de cama, los colchones (en especial el nuestro, que era un poco más grande y pesado que el normal King-Size), los libreros, y las insufribles cajas de libros. Todo sin necesitar más que de mis dos brazos y un ánimo de hierro. Ignoraba, por tanto, a qué se estaba refiriendo Diego con esa mudanza, y no quise indagar más, pues corría el riesgo de ser imprudente. Le dije que en diez minutos estaba en su casa, me enfundé una chamarra y partí.

Si ya de por sí me había parecido un poco anómala la decisión de acomodo del antecomedor —para evitar ensuciar la alfombra—, y un poco antes lo de haber rentado una casa adosada y comprado un auto que parecía un contenedor, esto de haberme llamado para mover un colchón me parecía como haber aceptado el papel de pendejo en una obra de teatro de puros inteligentes. Detuve un poco mis prejuicios con el argumento de que tal vez se trataba no solo de un colchón grande sino de una base descomunal. Hay maderas, como el guayacán, que tienen una apariencia endeble e incluso frágil, pero que cuando intentas echártelas al hombro aquello resulta como cargar un costal de piedras. Tal vez este sería el caso.

Me estacioné afuera de la cochera de Diego y encontré la puerta cancel abierta, así que ingresé sin pedir permiso. Lo primero que vi sobre una lona de plástico negra fue un colchón. Como era del tamaño de uno matrimonial, supuse que no sería el que había motivado la convocatoria, pero luego de unos instantes la propia Lía, que salió para recibirme, me confirmó que, en efecto, ese era el colchón que había que subir al segundo piso: un colchón viejo, deslucido y al que casi se le salían los resortes por los costados. Era obvio que, con un poco de voluntad, Diego y Lía habrían podido no solo subirlo al segundo piso sino incluso lanzarlo hasta la otra acera de la calle, por eso no terminaba de comprender a qué se debía que me hubieran llamado. Ya no quise pensar más y le dije a Lía que dónde estaba Diego para poner, pues, manos a la obra. Lía me dijo que Diego estaba ocupado arriba enviando unos documentos, pero que ella me ayudaría, y al terminar de decirlo se inclinó para atenazar una esquina del colchón. No quise decir más nada, me incliné también en el otro extremo y alcé la punta del colchón a la altura de mi cadera, pidiéndole a Lía que pusiera el otro extremo en vertical cuando cruzáramos la puerta de la cocina. Lía así lo hizo y, sin cambiar de posición, subimos las escaleras. Como yo iba debajo, sosteniendo el mayor punto de peso del colchón, pude darme cuenta de que Lía no llevaba bragas debajo de ese pantalón corto de algodón. Parecía que se acabara de levantar o, por la hora, se hubiera precipitado a prepararse para dormir antes de lo acostumbrado. Alcé un poco más la vista por un costado del colchón y de igual modo atisbé que no traía sostén y la blusa, que hacía conjunto con el pantalón corto, dejaba ver unos pezones oscuros y densos. Su piel era más clara de lo que yo creía, o tal vez el reflejo de luz que entraba por la vidriera la hacía así parecer. Su pelo, lacio y oscuro, rodaba por su hombro con suavidad.

Llegamos al segundo piso y doblamos por un estrecho pasillo que daba al cuarto del fondo. De uno de los cuartos emergían voces del televisor. Del otro, el primero a la derecha, que era donde presumiblemente se encontraba Diego, no se escuchaba ni siquiera el aleteo de una mosca. Entramos en la habitación y colocamos sobre dos bases individuales el colchón. Como la cama quedaría pegada al muro junto a la puerta, Lía tuvo que cerrarla para poderla recorrer, meterla entre el buró y fijarla por la parte de atrás. Luego de la agotadora operación, yo no tuve más remedio que sentarme en el borde de la cama, repasando con la mirada los cuatro nortes de la habitación, como suele ser la costumbre cuando estamos en medio de un lugar desconocido. Lía se sentó a mi lado. Pesadito el maldito colchón, dijo, y dio un suspiro. Luego, apretándome mis bíceps, agregó: pero lo bueno es que tú estás fuertote, Roque. Lía sudaba y tenía la piel ligeramente enrojecida. Yo no sudaba, pero era notorio que mi respiración se había agitado con el traqueteo. Por eso no entendí por qué Lía me pasó la palma de su mano por la frente, recorriendo mis mofletes y mi nuca, si no tenía una gota de sudor.

Hay momentos en que uno sabe que lo que viene después de una mano que te acaricia la piel es un abismo, pero no hacemos nada para evitar dar un paso adelante. Yo no fui la excepción. Las piernas de Lía estaban duras y tersas, sus labios delgados y afrutados. Aunque le olía un poco mal la boca, como si recién acabara de levantarse, no me importó introducir mi lengua hasta el fondo de su garganta. Sus pechos flácidos me excitaron mucho más, muy lejanos de aquellos firmes y puntiagudos de las mujeres núbiles o las recién casadas. Entonces sonó mi teléfono celular. Timbró una vez y se detuvo, y luego volvió a timbrar, con mayor insistencia, y esta vez no parecía estar dispuesto a parar hasta que contestara. Era Maki. Me preguntó que dónde estaba y le dije que en casa de Diego, ayudándoles a subir un colchón. Me pidió que de regreso pasara por el Dairy y les llevara pan y leche, y que si estaba abierta la frutería no olvidara una bolsa de manzanas y una piña para macerar la carne de mañana. Le dije que sí: llegaría en unos minutos.

Lía se había recostado sobre la cama con los ojos hacia el techo, que miraba fijamente. Apenas le dije que tenía que irme, me atenazó de la muñeca izquierda y me pidió que esperara. No puedo, dije, y di un leve tirón, logrando liberar mi muñeca. Lía no se movió de su posición, pero esta vez cerró los ojos y se puso las manos sobre el pecho. Antes de bajar las escaleras, me acerqué a la puerta de la habitación donde presumiblemente estaba Diego y le advertí que me iba. Pero nadie me respondió.

ONCE

Habíamos visto en Julieta algunas señales de impaciencia, pero nada que no pudiera considerarse dentro de lo normal. No tomamos tampoco con mucha seriedad la queja que nos dio sobre uno de sus compañeros de escuela, quien parecía que la molestaba más de lo debido. En una ocasión nos contó que le había dado una flor y pedido que se casara con él, cosa que a Julieta pareció sacarla de sus cabales. Nosotros lo vimos como un acto puramente infantil, nada que debiéramos tomar con demasiada cerrazón. Sin embargo, Julieta se empezó a sentir amenazada y perseguida. Nos contaba que en las horas del recreo prefería quedarse en el salón de clases, por temor a encontrarse con el niño. Tuve que hablar en varias ocasiones con Julio, que cursaba en sexto grado, para pedirle que pusiera en su lugar a ese muchacho desmadrado; dale una buena patada para que se le quiten las ganas de andar molestando a tu hermana, le dije, pero Julio no hizo mucho, aunque me aseguró que lo pondría en su sitio a la primera oportunidad. Julio es un niño tranquilo, disciplinado y de correctos modales. Yo le estaba pidiendo, por tanto, un imposible.

Aun con todas estas señales, en el fondo seguía sin dimensionar la gravedad del asunto. Una tarde, después de comer, Julieta nos dijo que estaba salivando mucho. Siento que echo mucha saliva, mamá, dijo. Maki le contestó que era una idea suya nada más; todos salivábamos así, unas veces más, otras veces menos. Le explicamos a Julieta que cuando teníamos hambre, por ejemplo, era normal que saliváramos más, al contrario que cuando estábamos saciados, y así. Julieta argumentaba, sin embargo, que no podía dejar de observar el momento en que tragaba saliva y que era mucha, y que tampoco podía dejar de contar las veces que salivaba. Le escribí a mi primo Poncho, el cardiólogo, para preguntarle si era malo que Julieta salivara mucho y Poncho, que a su vez consultó el asunto con un dentista, me indicó que no: no había nada anormal en ello. Lo malo es, dijo, tener la boca seca. Maki y yo aprovechamos un momento de sosiego en la noche de un viernes para comentarle a Julieta que lo de su salivación no era un asunto delicado, como ella pensaba, era solo que le estaba dando demasiada importancia. Mientras se lo explicábamos, podíamos ver cómo la niña fijaba su atención en nuestras gargantas, haciendo la cuenta de las veces que tragábamos saliva. No respondía nada, solo decía que sí, con cierto nerviosismo. Sin embargo, conforme empezaron a pasar los días nos dimos cuenta que a Julieta le costaba más trabajo dormir; estaba exaltada, jalaba más respiración de lo normal y tenía pesadillas.

Lo que vino a darle al traste a todo fue la mañana en que se despertó diciéndonos que una voz le decía: «Traga más saliva, traga más saliva». Eso me dice, aseguró, y se sentó a la mesa para comer su desayuno antes de irse a la escuela. Maki y yo, al escucharla, nos quedamos aterrorizados, pero nos hicimos de todas las argucias posibles para no aparentarlo. Tuvimos algunos minutos para decidir si la llevábamos o no a la escuela ese día, y al final resolvimos que no lo haríamos; nos sentíamos realmente en un agujero negro. Recordé que Mario, mi amigo el psiquiatra, era el jefe de la Unidad de Psiquiatría Infantil de Dunedin, y le pedí a Maki que le llamara. Como Maki no tenía el contacto de Mario, llamó a Valeria, su mujer, a quien le dio algunos pormenores sobre lo que estábamos viviendo. Valeria calmó a Maki y le dijo que llamaría a Mario para que se comunicara con nosotros lo antes posible. Maki lo agradeció profundamente. Mientras Julieta empezaba a jugar en su cuarto con unos peluches que acabábamos de comprarle, Maki y yo nos sentamos en la sala a esperar la llamada de Mario, quien a los pocos minutos se hizo notar. Maki me pidió que contestara, dado que yo entendía un poco más lo que le podría estar pasando a Julieta. Así se lo expliqué a Mario, tal cual lo habíamos estado viviendo. Lo que más nos ha preocupado en este momento, amigo, le dije con un puro hilito que se abría paso con dificultad en mi garganta, es que ha mencionado lo de la voz. Mario me indicó que llevara a Julieta hoy mismo a su consultorio a media mañana, yo aquí me encargo de que les den el pase directo, no es necesario ir con su médico familiar. Está bien, consentí, no sin agradecer infinitamente sus atenciones.

Los párpados me temblaban. El tiempo transcurría como si fuera una gota de miel escurriéndose por las paredes de un profundo frasco de cristal. Lamenté haber tenido en el pasado algunos desplantes inadecuados hacia Mario, sobre los cuales él mismo había mostrado asombro; sin embargo, su respuesta a mi llamada fue profesional y, sobre todo, humana, cosa que se agradece y se honra siempre en un galeno. Quince minutos antes de la cita llegamos al consultorio. En la puerta se veía su nombre en letras negras sobre una placa dorada. Nos sentamos en la antesala. Maki fue donde la recepcionista y la advirtió que habíamos llegado. Julieta se notaba nerviosa, pero más que por sus pensamientos, por la idea de estar en un consultorio médico; los niños le tienen un miedo casi congénito a los doctores, quizá porque lo asocian a la violenta primera nalgada que les dan al nacer. Cinco minutos después Mario asomó la cabeza por entre la puerta. Entramos. Lo saludé con un abrazo. Sentía la nuca caliente y las manos frías. Julieta vio un rompecabezas y tuvo la intención de dirigirse hacia él. Espera un poco, le dije. Luego de pasar los protocolos del saludo, Mario empezó a hablar serenamente con Julieta. ¿Cuántos años tienes, bonita? Seis, dijo ella. Casi siete, precisé yo. Mario le hizo preguntas sobre lo que había hecho ayer y antes de ayer, sobre su escuela, sobre México, sobre lo que haría el fin de semana. Escuchaba sus respuestas atentamente, observaba sus manos, sus gestos, el interior de sus ojos. Unos minutos después, Mario entró de lleno en materia y le preguntó a Julieta sobre lo que le estaba pasando. Julieta le explicó con detalle sobre la salivación, no podía dejar de observar cada vez que salivaba. Pero tengo entendido —dijo Mario— que escuchaste una voz que te decía «traga más saliva» o algo así, ¿cierto? Sí, dijo Julieta, pero eso fue ayer. ¿Y dónde escuchas esa voz: dentro de tu cabeza o fuera?, preguntó Mario. Dentro de mi cabeza, contestó Julieta. Es como si tuviera dos mentes, explicó. Advertí en el rostro de Mario una expresión que no supe interpretar del todo, pero que no me parecía que indicara una catástrofe. Después Mario volvió a las preguntas rutinarias, que Julieta contestaba con prontitud. Al final le pidió que jugara con ese rompecabezas que veía le había gustado, mientras hablaba unos minutos con nosotros.

Entramos en una salita privada, dentro del mismo consultorio, y ahí Mario nos pidió, antes de nada, que nos tranquilizáramos. No es esquizofrenia, dijo, dirigiéndose especialmente a mí. ¿No? No, tranquilo, es una obsesión sensomotora, explicó. Tiene el TOC, como tú comprenderás; y esta vez enfatizó el «tú» para señalar lo que le estaba sucediendo a Julieta con mi propio trastorno. Como traía un estrés bastante considerable y era un imperativo bajárselo lo antes posible, Mario nos indicó que le prescribiría medicamento y que procuráramos evitarle los mayores estresores posibles, escuela incluida. Garabateó la solución en una receta y me la extendió. No dejés de llamarme si lo necesitás, afirmó con franca determinación, remarcando esta vez su clásico acento bonaerense. Luego se levantó de la silla y se despidió de nosotros con un abrazo. A Julieta le dio un beso en la mejilla. Eres una niña muy inteligente y sensible, le dijo. Y Julieta exhibió entonces una sonrisa de agradecimiento que no le habíamos visto nunca antes.

DOCE

No sé muy bien si fue Maki quien tuvo la idea del viaje a Queenstown o la propia Lía, que llevaba semanas insistiendo en recorrer la isla para conocer algunos paraderos fascinantes, entre ellos el lago de Wanaka. En cualquier caso, circunstancias extrañas determinaron que las fechas del viaje coincidieran con una conferencia que Diego tenía que dar en Montreal, lo que impedía que nos acompañara. Yo sugerí que pospusiéramos la marcha hasta en tanto volviera Diego, pero fue el mismo Diego quien insistió en que por él no nos detuviéramos, como si en el fondo de sus intenciones estuviera no querer convivir con nosotros. Nos pareció una conducta de muy mal gusto en ese momento, aunque después descubriríamos que era solo una forma de protegerse. Lía no opuso, por el contrario, la menor resistencia. En su caso —en el nuestro debería decir— era entendible: después de aquel primer encuentro tuvimos uno más en el jardín botánico, otro en una cafetería de los alrededores de la universidad y otro más en un bar de la zona oriente, un establecimiento tranquilo y en el que no solían merodear nuestros conocidos. En esos encuentros Lía me llegó a confesar que tenía una vida sexual de perra. Diego no le había siquiera tocado el hombro desde poco después de su llegada, y ella se figuraba que o bien ya no le apetecía como mujer o bien andaba enredado con una colega universitaria de la que, no lo podía evitar, le hablaba un día sí y otro también. Creía que, en parte, a eso se debían sus largas ausencias laborales, sus insomnios y esa forma esquiva de relacionarse con ella. Pero si parece muy cariñoso, dije, sabiendo que era una completa patraña lo que estaba diciendo. Eso parece, pero no es así, dijo Lía.

En realidad, Lía tenía razón en cuanto a la colega universitaria. Yo mismo lo había visto varias veces en la cafetería de la universidad en charlas un tanto equívocas y en acercamientos poco reglamentarios para tratarse de dos colegas universitarios. Contrario al Diego que conocíamos, el de esas mañanas era más bien resuelto y extrovertido, aunque había momentos —sobre todo cuando ella hablaba— en que parecía concentrado y absorto, como si lo que estuviera recibiendo fuera una mala noticia. Lo mismo había descubierto con relación a mi mujer, con quien parecía tener una familiaridad que a mí no me profesaba. No quise decirle a Lía, obviamente, que no estaba errada en sus elucubraciones, pero como el interés tiene pies y yo no quería tampoco confundirla más, me limité a decirle que la universidad era absorbente en los primeros meses y ya después las cosas se normalizaban. Lía no pareció convencida, pero igual le importó un carajo en ese momento, en que nos abrazábamos y besábamos como recién enamorados en un bar más bien solitario, de luces mortecinas y con música de Supertramp. Por eso es que cuando Diego arguyó que no iría en virtud de su conferencia en Montreal, Lía más bien dejó entrever un regusto inusitado, que incluso me envolvió a mí mismo.

Para no viajar en dos autos (pues uno era insuficiente), decidimos rentar una *motorhome* para ocho pasajeros, aunque el hombre de la arrendadora nos advirtió que con una de seis era suficiente, considerando que Julieta podía dormir con nosotros en una de las camas matrimoniales. Maki se empeñó en que fuera de ocho pasajeros, sus razones tendría, y el resto consentimos. Acordamos, en un principio, que yo iría al volante, pero fue pasando Mosgiel que la misma Maki se convenció de que lo mejor sería turnarnos, cosa que a Lía le pareció muy bien, pues confesó que conducir en carretera era uno de sus mayores placeres. Así lo hicimos. El recorrido incluiría Wanaka, donde dormiríamos la primera noche, Queenstown, donde pasaríamos la segunda, y Te Anau, donde terminaríamos el recorrido antes de volver a Dunedin vía Invercagill y Gore, donde Lía quería ver la escultura de la Brown Trout, tan valorada por la comunidad. Para cada sitio nos abasteceríamos de comida en el supermercado a fin de sacarle el mayor provecho, con el menor costo, a la pequeña pero bien equipada cocineta integral de la *motorhome*. Los niños dormirían en las literas intermedias, junto al baño; Maki y yo en la parte delantera, y Lía atrás. De esta manera se paliarían mis ronquidos, algo que en los últimos años me ha llegado realmente a ofuscar.

Fue en el New World de Wanaka, mientras recorríamos el pasillo de los aceites de oliva, que me sentí por primera vez un hombre afortunado. A mi lado caminaban Maki y Lía, cada una husmeando en las estanterías, y de pronto me di cuenta de lo fácil que sería que los tres viviéramos en sana convivencia marital, con esos hijos que irían al frente contando los dulces que habríamos de comprarles al final de la jornada. Desde el carrito de la compra veía a Lía y a Maki conversar, cuchichear, preguntándose por una lata de mermelada, husmeando en las etiquetas o comparando precios. Eran muy parecidas, pero a la vez extremadamente distintas: Maki podía besarme delante de Lía y Lía solo cuando Maki se descuidaba o se quedaba a la zaga en algún otro pasillo. En ocasiones llegué a pensar que Maki sabía de mi relación con Lía y que, lejos de agobiarla, le producía un goce a la vez extraño y familiar. Pero también quizá era esto: que esa disposición de Maki se debiera no tanto al placer que le producía pensarme en la cama con Lía sino a lo que ella misma disfrutaría estando junto a ella.

Y es que Lía y Maki se invadían mutuamente sus espacios de intimidad. Sus labios se acercaban durante sus cuchicheos, sus manos se estrechaban con demasiada frecuencia, casi acariciándose, sus miradas se entornaban con una penetración poco común, y todo parecía como si yo no fuera más que el único instrumento posible que ellas utilizaban para estar juntas. Entiendo que las mujeres se tocan más que los hombres sin que ello levante suspicacias, pero podría jurar que lo de Maki y Lía rebasaba cualquier expectativa. Aunque también es cierto que yo suelo ver moros con tranchetes donde no hay más que una península de aguas mansas y cristalinas.

TRECE

Como todo en la vida, también el sexo se reduce a encontrar un ritmo. Y Lía no lo tenía. Pensé que apenas se acostumbraran nuestros cuerpos a su consuetudinario vaivén, el ritmo vendría como una consecuencia lógica, pero no fue así. Como en el baile, o se nace con él o uno seguirá dando traspiés por siempre en cuanto se ponga el pie izquierdo sobre la pista.

Reconozco que eso, en gran medida, levantó entre Lía y yo una alambrada incorpórea que me impedía dar un paso más allá en mi relación con ella; ese justo paso que a veces puede llevarnos a destruir una relación matrimonial de décadas. Yo estaba convencido de que no dejaría a Maki por nada del mundo, y no solo porque Maki poseía un ritmo increíble, sino también porque era depositaria de una sabiduría inusual que, bien usada, conseguía atemperarme el ánimo con un par de palabras mágicas, en especial durante mis crisis nerviosas más severas. Una semana de viaje fue suficiente para convencerme de que Lía no sería el amor de mi vida ni la amante perfecta, pero sí, al menos, un diminuto oasis en medio del desierto que era vivir en esta isla rodeada de aguas estériles. Al principio pensé que se debía simplemente al proceso natural de reconocimiento del otro (siempre entre tanteos, prejuicios, malas y buenas predisposiciones, etcétera). Luego, durante el viaje, creí que se debía básicamente a que teníamos que hacer malabares para estar juntos, pues Maki solo se apartaba de nosotros lo necesario, esto es cuando dormía la siesta, hacía su caminata matutina de media hora (que era la que más solíamos aprovechar en la solitaria *motorhome*) o iba al supermercado, breves y variables ausencias en las que era preferible no arriesgarse. Al final concluí que simplemente Lía carecía del ritmo elemental y a mí no me quedaba más remedio que asirme a otros ámbitos de su personalidad que me absorbían: la manera en que movía sus dedos al hablar, la forma en que se mordía los labios cuando se abstraía, la inocencia de su sonrisa, sus pies y el tatuaje en su espalda baja. También su presencia maternal, a la vez protectora e infantil, me fascinaba al punto que cada vez necesitaba tener más cerca su presencia. Yo no sé si estos sean motivos bastantes para estar al lado de una mujer por siempre, pero al menos a mí me parecían suficientes para no abandonarla jamás, aun cuando tampoco estaba dispuesto a dejar a Maki. Tal vez por eso nos fueron placenteras las largas conversaciones nocturnas que tuvimos durante el viaje, donde llegamos a hablar de la corrupción y violencia de nuestro país, los deteriorados hábitos familiares y, sobre todo, de Diego.

Fue en una de esas conversaciones que supimos, por ejemplo, que Diego pertenecía a una familia oscura. Su padre era un ingeniero autoritario y su madre una costurera sumisa. Solo tenía un hermano, casado y divorciado varias veces y siempre metido en problemas con la justicia. Siendo Diego el menor, su hermano fue su único modelo. También Diego fue expulsado de escuelas por mala conducta y en su adolescencia vivió con una mujer, con la que tuvo una hija. Fue entrando a la universidad que cambió su personalidad estrepitosamente, se cree que a causa de un fuerte accidente automovilístico en el que casi pierde la vida. Así como lo ves de pazguato, fue un libertino, dijo Lía. Quien no hubiera convivido con Lía de cerca, habría pensado que sentía por Diego una admiración inédita. Nada más alejado de la realidad. Lía hablaba de Diego como si Diego estuviera detrás de un grueso cristal: hablaba como de una persona ajena y distante, aunque al mismo tiempo entrañable. Igual sucedía cuando hacía alardes de su propia vida, toda llena de las proezas de esa selecta aristocracia a la que juraba pertenecer, poco le importaba que su propia imagen reflejara ser parte de una clase media venida a menos. Lía no sabía que los signos reales de distinción de una mujer mexicana estaban en los colores que usaba al vestir, en la forma de sujetarse el pelo y en los suaves tonos del maquillaje, y no solo en enchuecar la boca al hablar como ella lo hacía, aun cuando hubiera estudiado toda su vida en colegios privados. El primer encuentro de Lía con Diego fue en una posada de la preparatoria La Salle. Ella no iba a esa preparatoria, pero una amiga suya sí, y fue gracias a ella que pudo colarse. Lía tenía un novio de muchos años, y si algo la obsesionaba entonces era salir la carrera para casarse con él. No sabe qué la atrajo de Diego, solo recuerda que sintió una predisposición extraña, como un imán: ver a Diego era como estarse mirando ella misma en un espejo.

Lía hablaba sin perder la ocasión de guiñarme un ojo, o lanzarme un beso, cuando Maki se descuidaba. Por debajo de la mesa, introducía sus sandalias por mi entrepierna y me restregaba el bulto con la punta del dedo gordo de su pie. También toqueteaba mucho a Maki: del hombro, del pelo, incluso de las manos, cuyas palmas acariciaba mientras nos hablaba acerca de su intensa actividad laboral o de los hombres que la habían cortejado durante su noviazgo con Diego. Aunque no llegó a suceder nada, hubo una noche, en Queenstown, ya en nuestro camino de retorno, en que los tres nos pasamos un poco de copas. Maki y Lía, al ritmo de una música proveniente de una casa de campaña instalada cerca del lago, empezaron a bailar. Sus movimientos eran acompasados y lentos, levantaban las rodillas y aunque giraban sobre sí mismas, sus ojos no se despegaban un instante la vista. Maki fue quien me hizo levantarme de la silla en la que estaba echado bebiendo y me rogó que las socorriera. Como el deseo siempre nos empuja a amar aquello que nos hará sufrir, no pude evitar incorporarme y unirme a ellas, que empezaron a seducirme tal como lo hacen las chicas de un *table dance*. Maki y Lía me rodearon con movimientos sensuales y aletargados, y yo bailé también, con la copa de vino en la mano, en medio de ambas, bajo la oscura noche y el brillo del agua a lo lejos, como un espectro, mientras los niños dormían en el interior de la *motorhome*.

CATORCE

Dos semanas después de haber regresado del viaje por la isla sur, murió mi madre. Mi hermano me avisó un lunes por la mañana, poco antes de salir a la universidad. Como no había llegado al desayuno acordado la noche anterior, mi hermano fue a su casa y la encontró bajo la regadera, desnuda, de bruces. Recién acababa de cumplir 65 años. En los últimos cinco, su vida con mi padre había sido un completo caos. Mi padre sostenía una relación con otra mujer, con la que tenía dos hijas. Toda la vida se le fue a mi madre en luchar contra esa otra mujer que tenía mi padre. Una lucha encarnizada que, incluso, la hizo no tener atenciones nunca para nadie más. Mi hermano y yo crecimos en el desamparo, por esa causa. Si mi madre iba en pos nuestra era solo para chantajearnos. Toda la vida fuimos objeto de sus amagos hacia mi padre. Nos adoraba solo en la medida que le servíamos como carnada para atraer su atención, alejarlo de la otra mujer, retenerlo en sus propias trampas. Cuando las mujeres se vuelven viles por el hombre que las engaña, como mi madre, e incluso pasan por encima de la piedad de sus hijos, pisoteándola, merecen morir justo así como murió mi madre: sola, desnuda y partiéndose la cabeza debajo de la ducha. También merecen que nadie se haga cargo de ellas durante su entierro. Ser olvidadas y vejadas es el único compromiso que debe tener un hijo que toda su vida no fue más que el depositario de la desgracia materna. Porque si una cosa todavía me retumba en la cabeza es la voz de mi madre diciéndome tú tienes la culpa de que yo sufra, tú tienes la culpa de que tu padre me engañe, tú tienes la culpa de que vivamos en esta mierda. Hacía exactamente un mes que mi padre había dejado a mi madre para irse a vivir con su otra mujer, con quien cumpliría veinticinco años de relación, diecisiete menos que los que llevaba con mi madre. No sé el motivo de su fatal desencuentro, pero supongo que las cosas llegaron a un límite tal que ya no se podía hacer nada, hasta que seguramente mi padre tomó la determinación de largarse, como haría cualquiera con un poco de vergüenza, porque desde hacía diez años que, además, mi madre lo mantenía.

Dos minutos duré viendo el mensaje de mi hermano en la pantalla del teléfono móvil, releyéndolo de principio a fin, una y otra vez, hasta la pregunta final: ¿vendrás al velorio? Me tomó dos segundos resolver la respuesta, pero cerca de dos horas en respondérsela a mi hermano: no. No iría. Eso significó una liberación para mí, un momento que había esperado décadas y, por una cosa u otra, no se atrevía a llegar. Hacía un mes que mi padre había muerto para mí, desde el día que se fue definitivamente de la casa, y ahora lo hacía mi madre, de esta forma tan maravillosa: dándose en el hocico contra la llave de agua y después en la nuca contra el duro suelo, dos golpes que me habría gustado asestarle yo mismo más de alguna vez, en aquellos instantes en que más la odiaba. Muchas veces me he preguntado si haber decidido irme de mi país tenía que ver no con un deseo de progreso profesional sino, más bien, con unas ganas irrenunciables de no saber nada de mis padres; tan solo oír ecos o noticias lejanas de ellos, pero sin sentir la obligación de visitarlos, o de asistirlos cuando sufrieran un percance, por mínimo que fuera. Lo cierto es que, de un tiempo a la fecha, entre menos sabía de ellos más sosiego sentía en el corazón y más calma en el espíritu.

Aunque Maki me estuvo conminando a que saliera en el primer vuelo a México para asistir al entierro de mi madre, yo me rehusé tajantemente. Era un gasto innecesario y, sobre todo, una razón que no valía la pena. Mi hermano me insistió también en que fuera, pero ya no le contesté ninguno de sus mensajes. Boté el teléfono a la basura por una semana: tampoco quería recibir condolencias ni tener que padecer la tentación de escribir en Facebook —tal como lo hizo mi hermano— algo que no sentía. Me causó rabia e impotencia la forma en que mi madre carcomió toda su vida, para la cual no tuvo otra obsesión que no fuera alejar a la otra mujer de mi padre, o a mi padre de la otra mujer, o incluso estar cerca ella misma de mi padre, siempre. Siendo la vida una sola, a la vez tan endeble y fugaz, nunca pude entender cómo alguien podía pasar sus días, sus minutos, cada uno de sus segundos, sufriendo por alguien que te da de patadas en las quijadas un día sí y otro también. Una amiga de la familia, con la que yo había tenido un efímero devaneo, me dijo poco tiempo después que había acudido poca gente al velorio, y que mi padre ni siquiera se había asomado por ahí, ni tampoco dos hermanos de mi madre. Mi hermano y mi cuñada se habían hecho cargo de los gastos de la recepción funeraria y de la cremación, además de los arreglos de la misa y el novenario. En uno de los mensajes me preguntaba, de hecho, qué haríamos con las cenizas de mi madre, y a mí me habría gustado responderle que me daba enteramente lo mismo, pero que ni siquiera fuera a pasársele por la cabeza pensar que yo me haría cargo de ellas.

Aquellos fueron días, sin embargo, desolados. Pese a esa liberación que sentía, también me sentía desierto, de pronto inane y amargo, como si alguien me estuviera arrancando las raíces con unas pinzas perras. Tuve ganas incluso de dejar a Maki y a mis hijos, y de perderme para siempre, convirtiéndome en otro en otro país distinto, con otro nombre y otra identidad completamente diferente. Empezar de nuevo, como dicen, acaso, pero desde mis raíces, aunque sin mirar al pasado, porque de los recuerdos nunca se saca nada bueno. Quería encontrar a otra mujer y tener otros hijos, otra profesión, otra forma de relacionarme con las personas, otro idioma. Qué desgraciados somos los que nacemos y morimos siendo los mismos y no podemos a mitad del camino ser otros; como si con ello la propia vida nos negara, si es que nacimos desgraciados, una oportunidad más para ser felices.

QUINCE

Mi novela *El último desayuno de Sara Pike*, que se publicaría más tarde solo con el título de *El último desayuno*, por atinada decisión de mi editor, la terminé de escribir justo el día en que murió mi madre. No sé si esto tendría alguna relación con los astros o si marcaba el final o el inicio de algo, pero haberle puesto punto final el mismo día que mi madre partió seguro tenía más de una connotación aún incierta. Lo que sí era cierto es que, aun cuando su muerte hubiera sido justo lo que yo esperaba, me sentía culpable. En *El último desayuno* hay un capítulo grotesco que le dedico a mis padres y yo no tuve el recato de conservarlo hasta que la novela no fuera publicada; antes cometí la indiscreción de dárselo a leer a mi hermano y éste, a su vez, pasárselo a mis padres, a quienes, según me enteré después por boca de mi propio hermano, no les había sentado nada bien. Y era natural: en el capítulo, narrado en primera persona, hablaba del deseo que tenía de matarlos. Me expresaba soezmente de ellos y una y otra vez los escupía en la cara. Mi madre tenía la mala costumbre de tomar todo lo que escribía por cierto, aun cuando muchos de los acontecimientos descritos no fueran reales. Aunque cada una de las palabras que escribo pasan por las fibras de mi sangre, nunca se me pasó por la cabeza matarlos, aunque los odiara. En *El último desayuno* yo lo único que había querido era hacer que mi realidad autobiográfica y mi realidad ficcional se fundieran de tal manera que nadie pudiera saber dónde empezaba una y dónde terminaba la otra, y viceversa. Lo que sentía de verdadero podría bien confundirse con un mero deseo y lo que puramente deseaba bien podría considerarse una realidad como un templo: ¡y qué importa una cosa u otra si al final lo más importante es que sintamos hondamente todo lo que nos atraviesa el corazón! Muchos lectores aún me preguntan si tuve o no relación con mi estudiante Sara o me reprochan, como si fueran parte de mi más íntima personalidad, mi falta de escrúpulos y de moral. Por eso estaba seguro de que mi madre no había tolerado ese capítulo atroz que, finalmente, la llevó a la muerte, sin saber que yo en el fondo siempre la amé, y que todo lo que he escrito y escribo no ha sido sino para llamar su atención, y no para ganar fama o fortuna como muchos creen.

Yo supe en ese momento también que mi relación con Lía se convertiría en una larga historia que no pasaría indemne a nadie, pero lo que no sabía era la forma tan aturdidora en que terminaría. Nadie puede hacer nada contra el destino y a la vez uno puede cambiarlo todo con solo dar un paso atrás, dar la media vuelta y partir. Así de paradójica es la vida, y de ruin.

Estaba contento con lo conseguido en *El último desayuno* (capítulos cortos, prosa simple y directa, acción sin obstáculos, etcétera), pero a medida que tomaba distancia y la pensaba desde adentro sentía que había ahí una bomba de tiempo que terminaría explotando en mis propias manos, y eso, estaba seguro, había sido el capítulo sobre el deseo que tenía de asesinar a mis padres. De haber sacado ese capítulo de en medio, y prescindido de él, tal vez mi madre no habría muerto y ahora estaría hablando con ella de las próximas navidades, pero entonces la novela jamás habría sido la misma y no hubiera tenido ninguna razón de ser, porque a toda novela la sostiene también el miedo que sentimos al escribirla, y si quitamos ese miedo, entonces esa novela deja de existir, como nosotros con ella. Por eso no quité ese capítulo de *El último desayuno,* tan solo hice una argucia mental para olvidarme de él a fin de que dejara de hostigarme. Comprendí entonces que el mayor enemigo de mi novela era el propio miedo que tenía al escribirla y no, como yo pensaba, mi desbordada libertad.

Como era consciente por primera vez de que lo que estaba viviendo se convertiría eventualmente en una novela, desde el día que me acosté con Lía empecé a registrar todos los detalles, de tal modo que me sintiera como si escribir una novela fuera simplemente vivirla, o a la inversa: como si escribir una vida fuera simplemente novelarla. No sabía, sin embargo, qué de todo ello quedaría. Corría el riesgo de solo registrar cenizas y, en cambio, como suele suceder, todo lo que obviara se convirtiera en lo medular. Así me sucedió, por ejemplo, con mi novela *Vidas secretas.* Aquella conversación con la chica del *dating*, que yo más bien consigné por tedio o quizá por ocio, se convirtió con el paso de los años en el cónclave de toda la novela, persistió sobre las oscuras páginas y ahora no recuerdo otro momento sino esa frase fatal pronunciada por aquellos labios rígidos: «La rutina es lo único que tengo». Lamentaré siempre no haberle llamado en la realidad a esa mujer, a quien conocí de verdad y de quien escuché esa línea que sigue refulgiendo en *Vidas secretas*. Me habría gustado haber salido con ella, de espaldas a mi verdadera mujer, tomado un café, pasado algunos días junto a ella metido en su casa o en un motel, viajado juntos. Habría adorado conocer lo que escondía dentro, desvelar sus secretos y, eventualmente, amarla. No sé si esto hubiera cambiado el transcurso de *Vida secretas* o de mi propia vida, pero me habría gustado, sin duda, correr el riesgo. Porque eso es precisamente una novela: una transgresión de nosotros mismos y de nuestros miedos. Una verdadera novela está hecha de eso que queda después de sacarnos las tripas y arrojarlas al ácido, y eso es lo que intenté con *El último desayuno*; de ahí que no haya quitado el capítulo sacrílego sobre mi madre, aunque esto, estaba seguro, le hubiese causado la muerte. En todo esto pensé el día justo que falleció y le puse punto final a mi novela, mientras recordaba de manera intermitente el cuerpo desnudo de Lía junto al mío, caliente la piel y húmedos los labios, bajo un cielo oscuro e impenetrable.

DIECISÉIS

Yo sabía que Diego y Maki se enviaban mensajes por
el teléfono móvil, en ocasiones largos correos electró-
nicos; incluso un par de veces los escuché hablándose
al caer la tarde. Pero no sabía que cada tanto se veían
en la cafetería del Meridian. Me pareció una desfacha-
tez que Maki no me lo hubiera dicho antes. Cuando
se lo recriminé, apenas volver yo de la universidad, lo
único que se le ocurrió decirme fue que se me había
roto un tornillo en la cabeza: ¿cómo pensaba yo que
se estaba enredando con ese? Piensa mal y acertarás,
dije entre dientes y abriendo el chorro de agua del
surtidor para lavar una lechuga. Eso a Maki la enfu-
reció y la hizo manotear. Le pedí que frenara su tren.
Lo único que hacía con esa actitud era ratificar lo que
le estaba afirmando. Hoy mismo te viste con él, ¿o
no?, asesté certero. A las 10:30 de la mañana, cuando
creías que estaba dando clase, tú y Diego sorbían un
café en la cafetería del Meridian, en una mesa junto a
la zapatería, debajo de la escalera eléctrica. Diego llevaba una camisa blanca de manga larga, un pantalón

de mezclilla y sus botas de escalador de montaña. Tú traías este mismo vestido que llevas ahora puesto; se lo dije y le vi las nalgas, que resaltaban gracias a que estaba de perfil, mirando hacia la chimenea.

No lo está pasando nada bien, dijo Maki, ahora en un tono más bien blando. No se la veía nerviosa, ni tampoco titubeante, en realidad estaba medio absorta: sus ojos fijos parecían remover la ceniza de la chimenea, eran como una brasa. De pronto tuve miedo. A lo lejos atisbé la posibilidad de que Diego hubiera citado a Maki para revelarle mi relación con Lía, mostrarle evidencias —fotos, mensajes—, confabularse contra nosotros. Maki permanecía en silencio, con parpadeos lentos y una mano apoyada sobre el pretil. Pensé que lo que había pensado era factible porque Diego era más bien cobarde y esquivo, y dudaba mucho de que me enfrentara.

De este pensamiento pasé a otro más turbador: Maki mentía. Las mujeres, en estos y otros muchos casos, son más frías y calculadoras, y saben mentir de una manera tal que son capaces de burlar a un detector de mentiras. Un estudio realizado en Inglaterra hacía poco revelaba que las mujeres son mejores en esconder secretos que los hombres. Si bien los hombres mienten más y sienten menos remordimientos, las mujeres esconden mejor sus fechorías y ni siquiera se les nota.

No te creo nada, dije. Maki volvió de esa especie de letargo en el que se había sumido, recorrió la silla y se sentó a la mesa. Pareces un niño, dijo. Me sentía un tarado frente a una mujer que me estaba viendo la cara de imbécil sin yo poder hacer nada para evitarlo.

¿Por qué no me había dicho que se veía con Diego hoy? Diego le había pedido confidencialidad, fue su excusa. Pero te lo iba a decir, aseguró, como dice uno siempre que no tiene algo más sensato que decir. Maki argumentó que, además, no fue un encuentro concertado sino que se habían encontrado casualmente en el Meridian, al salir de la relojería.

Haber insistido en que mentía habría sido inútil. Podría haber llamado a Diego y Diego seguro me habría confirmado el encuentro casual; cuántas veces yo no planeaba con Lía mis salidas acordando previamente lo que diríamos en caso de ser sorprendidos. Como no quería mostrarme débil, le dije a Maki lo consabido: que andes con Diego me vale un carajo, lo que me duele es la traición. Maki no me hizo caso. Removió una cuchara dentro de un té de canela y me dijo que ella creía que la relación entre Diego y Lía podía terminar en cualquier momento. Vi demasiado estresado a Diego, y agobiado, dijo. Trae un tic en un ojo, agregó. Aunque notaba en las palabras de Maki un falso melodrama, una simple argucia para salir del atolladero, no era descabellado pensar que entre Diego y Lía había severos problemas sentimentales, considerando que ya en varias ocasiones Lía me había insinuado la posibilidad de dar un paso adelante en nuestra relación. Si bien era lógico que Diego recurriera a nosotros para tratar sus problemas, pues no tenía un solo familiar o persona cercana en la isla, por qué lo hacía con Maki y no conmigo, si yo más de una vez le ofrecí mi ayuda incondicional. En las últimas reuniones donde estuvimos los cuatro juntos, él poco o nada participaba, sus respuestas eran lacónicas y sin color, sus miradas evasivas. Cuando se reunía solo con Lía y Maki, sin embargo, chispeaba con vehemencia, alardeaba y hasta se solazaba confesando intimidades, según la propia versión de Maki. Yo en ocasiones me preguntaba si Diego reaccionaba así porque sabía lo que había entre Lía y yo, o, por el contrario, porque se estaba follando a mi mujer y el poco pudor que le quedaba lo fastidiaba. Para acabarla, dijo Maki, su hija Sara está en tratamiento psicológico y ha empezado a ser medicada. ¿Y eso? No saben muy bien si es depresión, ansiedad o inicios de esquizofrenia. Te dije desde un principio que esa muchacha estaba chiflada, dije, intentando que Maki no se diera cuenta de que Lía ya me había informado los pormenores del asunto. Maki se inclinó un poco hacia la mesa y por detrás de la falda dejó asomar sus bragas rositas, de hilo dental. Como por arte de magia, sentí un sudor en el cuerpo, y luego una ligera turbación, desde la planta de los pies al centro del pecho. No me importó que momentos antes se hubiera revolcado en la cama con Diego, entonces hasta la idea misma me excitaba. Dejé los vasos sobre el fregadero, todavía mojados, y me acerqué a ella, estirándole el resorte del calzón hacia un lado, como para indicarle la dirección que quería que siguiera. Maki se levantó de la silla sin oponer resistencia y caminó hacia nuestra habitación. Mientras avanzaba por el pasillo se iba despojando de la blusa, la falda, las bragas rositas, menos del collar y de las zapatillas, porque me gustaba hacerle el amor con ellas puestas.

DIECISIETE

Dunedin empezaba a quedárseme pequeña. Era una ciudad con encanto, pero resultaba, para mi gusto, estrecha y aburrida. Luego de casi diez años de caminarla, las calles se me angostaban y los edificios me parecían monótonos y sin temple. Muchas veces intenté conseguir una posición en otra universidad de otro país, algo lejano y antagónico, pero entre más esfuerzos hacía más lejos veía la certeza de conseguirlo. Los puestos académicos cada vez son más escasos y los procesos de selección están corrompidos, como todo en la vida, así que nunca resultaba agraciado en la *short list*. En una sola ocasión lo estuve, y me preparé para la entrevista, pero unas horas antes tuve una reunión con un poeta amigo, Richard Reeve, y cuando me pegué el auricular en la oreja para escuchar las preguntas de la entrevistadora ya estaba completamente borracho. En mis desvaríos pensaba que jamás iba a poder salir de aquel agujero sórdido en el que se me había empezado a convertir la ciudad. De no ser por la llegada de Lía, que trajo un aire fresco a mis días, habría terminado ahogado en mi propio vómito, atropellado a la orilla de la carretera o colgado de un árbol, con los pies desnudos a la intemperie. Si a la monotonía citadina agregaba las estrecheces que vivía en mi Departamento, el día a día en mi triste vida de profesor universitario avergonzaría a cualquiera. Podría pensarse que cualquier país distinto a nuestro país es mejor que nuestro país, pero hay que vivirlo para darnos cuenta de que no es así. Ser extranjero es la cosa más insufrible que puede haber en la vida, más aún que recibir un escupitajo en la cara de un hermano o de tu propia madre. Y si eres un extranjero de origen mexicano, peor: hay que tragar camote e ir por la vida pidiendo una disculpa por haber tenido la mala suerte de nacer en ese país de malparidos.

Frío, inclemente y sin un fantasma siquiera en las calles, ni en las mañanas ni en las noches, a Dunedin solo la amaba cuando cerraba los ojos: entonces el recuerdo que tenía de ella convertía sus calles abandonadas en concurridas avenidas, y a sus mujeres, todas famélicas y relamidas, normalmente con los cabellos pintados de rubio, en hembras atractivas, emperifolladas y vivaces. No sabía qué amaba de Dunedin si la ciudad cada mañana me daba la espalda. El llanto de Maki el primer día que llegamos fue premonitorio, y yo ahora lamento haberlo pasado por alto: qué triste se ve todo, Roque, dijo. Y yo me asomé por la ventana del motel, ladeé un poco la cabeza hacia la derecha y recorrí con la mirada, lentamente, la George Street, despoblada y deslucida por la lluvia. Las ramas de los abedules eran movidas aquella tarde por la mera inercia de un viento que no sabía muy bien a dónde ir y, bajo el cielo aún nublado, los escasos transeúntes parecían gigantes desamparados. Yo lo veo todo muy animado y con gran dinamismo, mentí, para no atizar aún más su desconsuelo. Cuando salimos a la busca de un teléfono con el cual dar aviso a nuestros familiares de que habíamos llegado sanos y salvos, la sensación de abandono me oprimió las sienes, pero por una cuestión de mero orgullo logré sobreponerme. No sabía muy bien qué había hecho ni qué me depararía la providencia pero sabía bien, por el contrario, que tenía que vivirlo sin arredrarme. Porque si a uno le dan a elegir entre irse o quedarse, uno tiene que elegir siempre irse, y eso fue lo que yo hice. Ahora, sin embargo, la ciudad empezaba a quedárseme pequeña, y mi vida dentro de esa menudencia recrudecía mi patetismo.

He olvidado completamente si esto lo hablé aquel día que Lía y yo llevamos a los hijos a los juegos de Chimpmunk o si solo lo rumié en medio del efluvio de acontecimientos que me azoraban a diario, pero pronto me di cuenta de que si una cosa nos unía era precisamente la desgracia de haber elegido el lugar equivocado. Pobres de aquellos que llegan al lugar equivocado, porque van a sufrir sin redención; esto lo dije o lo pensé más de alguna vez, y cada vez que lo decía o pensaba me estaba refiriendo, por ejemplo, a Tom, ex pareja de Maki, que llegó a nuestras vidas el día equivocado, a la hora errada y en el lugar incorrecto. Por más que intentaba sobreponerme de esos ásperos meses, más conseguía hundirme. Pensaba en las parejas que se han separado, han vuelto y que en ese intermedio han vivido con otro hombre o mujer, y me preguntaba si en realidad era posible olvidarse de todo lo vivido antes o, como me sucedía a mí, cada tanto le cimbraban imágenes de su mujer acostándose con el otro hombre, y la pregunta pertinaz como un martillo sobre el amor hacia uno y hacia otro, y el goce vívido de los recuerdos saboreados en secreto, y lo que se extraña del otro o lo que se olvida, y qué se hace con los recuerdos, y si hay un momento en que se puede vivir sin aquellos instantes de felicidad que se prodigaron un día, y sobre la memoria de sus cuerpos desnudos, y el tiempo que pasaron juntos. ¿Qué carajo se hace con todo eso si uno no puede realmente deshacerse de nada de lo que fue? Dunedin me había dado casi todo lo que era, pero me empezaba a quitar también casi todo lo que podría ser.

La relación que empezaba con Lía qué era entonces: ¿parte de lo que era o parte de lo que podría ser? Si uno pudiera contestar siempre esta pregunta evitaría caer en la terrible costumbre de perder, y yo lo último que quería en la vida era perder. Mi padre había perdido siempre, mis tíos habían perdido siempre también; algunos habían incluso pagado sus pérdidas con su propia vida —como le había ocurrido a mi tío Antonio, muerto a cuchilladas cual perro vil—; mi madre había perdido todos los días con mi padre, mis abuelas, dos de mis ex mujeres, y un amigo incluso: yo ya no quería perder. No quería perder a Maki, ni a Lía, no quería perder aquella ciudad poblada de vagabundos y de miserables bien peinados, de apáticos y de hambrientos. Todo lo quería conmigo y para siempre, de una buena vez y todas las veces.

DIECIOCHO

Dos días antes de viajar a México me vi con Lía en el Motel de St. Clair, adonde fui contra mi voluntad. Un día antes habíamos cenado las dos familias en el restorán chino cercano a la Estación de Tren, y si no llega a ser porque a mitad de la cena se unieron a nosotros Lola y Arturo no sé, la verdad, cómo habría terminado aquello.

Diego supo controlar su impotencia y yo mi rabia, pero Lía y Maki estuvieron particularmente a la defensiva, aun cuando un par de días antes habían ido de compras a Harvey Norman y luego a una cena en casa de nuestra común amiga Linda Mireles. Difícil saber qué las había exactamente contrariado, pero yo creo, por lo que me dijo Lía en el motel, que fue el notable acercamiento de Diego hacia Maki, por un lado, y mi repentino distanciamiento de ella, por otro, lo que la metió en una espiral de dudas e incertidumbres. Maki, por su parte, percibía en Lía una indeterminación desconcertante. Y era cierto: Lía no miraba a Maki a los ojos cuando se dirigía a ella, hablaba como esquivándola, y más bien se entablaba con Lola, aun cuando a Maki la tuviera frente a sí. Hay algo que las mujeres no pueden fingir, y es cuando se odian. Es verdad que Maki tampoco cedía un ápice a la inquina, pero como es una mujer de mayor aplomo, se daba el lujo de fijar su vista en Lía cuando Lía replicaba o explicaba algo, solo por el mero placer de hacerla trastabillar.

Yo no tenía más remedio que sobrellevar las conversaciones. Incluso trabé con Diego un intercambio que me pareció más que civilizado: le pedí que si, durante nuestra estancia en México, podíamos redirigir nuestra correspondencia a su casa. Diego asintió con gusto: claro, dijo. Lía arqueó las cejas y prefirió no darse por enterada, se entretuvo removiendo unas migajas de pan que habían caído sobre el rojo mantel. Lo mismo Maki: torció una comisura y miró hacia el techo, de donde pendía una hermosa lámpara de hierro forjado. Para entonces Lola y Arturo ya se habían ido a la mesa contigua, donde los esperaban los comensales motivo real de su visita al restorán. Se fueron justo cuando las aguas del mar empezaron a amainar.

Aquella tarde en el Motel de St. Clair, Lía estuvo aprehensiva y espasmódica. Me habló con desprecio de Diego, e incluso se detuvo a darme pormenores sobre su vida íntima, lo que antes solo había hecho con cierto recato. Esta vez incluso me reprochó: ¿por qué no me dices nada de Maki, a ver? Yo procuraba no hablar mal de Maki con ella, porque hablar mal de una mujer con la que has dormido muchas veces es traicionarte a ti mismo. Además, Maki me gustaba, la quería y, sobre todo, la admiraba, esto último esencial para que las parejas duren más allá de los primeros tres funambulescos años de relación. Yo admiraba a Maki, en verdad, pese a que después de su periodo con Tom hubiera cambiado en algunos de los ámbitos de su personalidad que más le apreciaba. Lía, en cambio, estuvo procaz contra Diego: se burló hasta del trabajo que le costaba al pobre mantener su miembro eréctil. Somos como hermanos ya, dijo de pronto, y luego agregó: me quiero divorciar.

Me entró un frío en todo el cuerpo apenas terminó de decirlo. Es verdad que cuando uno quiere obtener el amor de un hombre o una mujer o de mantenerlo vivo es capaz de decir cualquier cosa, pero cuando escuché a Lía yo no dudé en que estuviera hablando en serio. Me vi contra la pared por un instante y con la seria obligación de decirle algo, que fue lo que hice: dame un tiempo para hablar con Maki. Le expliqué a Lía lo mismo que uno explica en estos casos: no soy yo. Lía, sin perder la compostura, me escuchó decir idioteces sobre mis hijos y lo complicado que resultaría dejarlos a esa edad. Me estuvo escuchando con unos ojos encharcados de un aire enrarecido. Su desnudez me atraía, ya lo dije, pero jamás lo bastante como para dejar a Maki, aunque sí lo suficiente como para hacer todo lo posible por retenerla. Lo que me estaba dando, en realidad, era un ultimátum y yo no hacía sino enredarme en mis propias palabras. Le dije, entonces, que no podía pensar con claridad porque desde hacía unos días me dolía un testículo, el derecho. Se rio de la tontería que acababa de decirle, pero era cierto: el malestar del testículo me tenía abstraído y no sabía ni siquiera resolver las cosas mínimas de la vida: ir o no a la cena de unos amigos, llevar a cabo o no mis ejercicios matutinos, ducharme con agua fría o caliente, etcétera. ¿Y para qué carajos me dijiste que lo que más querías en la vida era estar conmigo, De la Mora?, dijo Lía, de súbito, mientras me toqueteaba el testículo para saber si el dolor seguía ahí o había desaparecido. Como no tenía otra posibilidad, le dije lo que uno debe decirle a una mujer que empieza a perder el piso: y es verdad, eso es lo único que quiero en la vida: estar contigo. La mentira me salió del fondo del corazón, y Lía la asumió como si se tratara de una gran verdad, en eso las mujeres siguen siendo inocentes, en eso y en vanagloriarse cuando les dices que se ven hermosas con tal o cual vestido o se ven jóvenes o son inteligentísimas, un certero halago pone de rodillas a cualquier mujer. Nada más necesitamos arreglar nuestros compromisos, agregué, refiriéndome también a Diego y sus dos hijos. A mí no me gusta ser un irresponsable, dije, como si, de haber estado realmente loco de amor por Lía, no habría mandado todo al carajo.

Es verdad, dijo Lía, serena y condescendiente. Se ahuecó en mi pecho y empezó a acariciarme los vellos que me brotaban alrededor de los pezones, aleves y enroscados. Había oscurecido para entonces. Por la ventana se alcanzaba a ver el mar, su espuma blanca parecía un retazo de nube. Las gaviotas sobrevolaban el faro alzado sobre el peñasco y sobre la orilla de la playa caminaba un joven sin camisa y con los pies descalzos. No parecía llevar un destino definido. Se le veía tan despreocupado y tan libre y tan eterno, que me hubiera gustado ser él, por un instante.

DIECINUEVE

Si me hubieran dado a elegir, yo habría elegido no nacer. Me habría gustado quedarme como una mera posibilidad de algo, o como una mera posibilidad de nada, en la infinita extensión de la noche. En ocasiones, cuando veía a mis hijos dormidos en sus literas, y a mi mujer cubierta hasta la barbilla con el edredón de invierno, roncando y con un hilo de saliva escurriéndole por la comisura, pensaba en lo fácil que habría sido no nacer.

Porque nadie podrá negar (nadie: ni ricos, ni pobres, ni sabios, ni imbéciles) que apenas pone uno un pie sobre la tierra todo el mundo se nos echa encima, y entonces hay que empezar a morder piedras para sobrevivir, alimentarse bien para no enfermarnos, sobresalir en la universidad para ser exitosos, ser musculosos para que nadie se atreva a darnos contra una puerta, inventarnos un linaje para que no nos discriminen, ser más rápidos para llegar antes que los demás, más astutos para burlar a los pusilánimes, menos déspotas para que este mundo no se abisme. Es verdad que tenemos momentos de dicha, pero son nada comparados con nuestras propias desgracias, que rumiamos normalmente en soledad: porque cuando uno necesita el consuelo de un amigo, el amigo se ha ido de vacaciones; cuando uno necesita dinero, los bancos están cerrados; cuando uno requiere la lealtad de una mujer, esa mujer nos engaña con el primero que se le pasa por enfrente. Nada es gratis, todo nos cuesta un brazo, o una pierna, o un ojo: dinero, dinero, dinero. Nadie en la vida hace otra cosa sino pensar en dinero porque a esto lo hemos reducido todo: y cuando ya todo lo tenemos, queremos más, y más. Y tenemos una casa y queremos otra: y más dinero. Y tenemos un coche último modelo y ya deseamos otro más nuevo: y más dinero. Y en nuestro negocio nos está yendo bien, y entonces queremos una sucursal y otra: y más dinero. Insaciables como unos trogloditas vamos en pos de nuestro propio sufrimiento, haciendo sufrir a los demás. Preocupaciones que nos aquejan, incertidumbres que nos subyugan, planes futuros que nos obnubilan: para librarnos de un yugo o asirnos a una esperanza necesitamos dinero. Los desgraciados son desgraciados precisamente porque no tienen dinero. Los miserables son miserables porque precisamente no tienen dinero. Dicen que lo más sublime de la vida no cuesta, pero sabido es que lo único que no cuesta es el aire, hoy sucio y malversado. Tiempos aciagos estos y todos, los de ayer y los de antes de ayer, para los que hubo siempre que nacer sufriendo.

Viendo a mis hijos y mujer dormir, y sabiendo que para paliar los costos de ese sosiego yo he tenido que barrenar cien mil veces la dura piedra, pensaba en lo fácil que habría sido no nacer. De no haber nacido yo, ellos no habrían tenido que venir a este valle de lágrimas a sufrir también; ni ellos ni los hijos que más tarde tendrán, ni los hijos que tendrán sus hijos, y así hasta el infinito. Y luego, después de años y años de tanta pesadumbre, vendrá finalmente la muerte, esa broma que a nadie gusta. Ah, qué triste es pensar que todo lo que hicimos quedará por ahí desperdigado en manos ociosas o bajo mantos lúgubres: casas, coches, joyas, y otra vez dinero, que sembrará la discordia en hijos, nueras y yernos, y que seguramente destruirá familias y separará hermanos que durmieron juntos, como hoy lo hacen Julio y Julieta, bajo el velo de la tierna infancia. Porque a esto hemos reducido toda nuestra existencia: a dinero. Y no conformes con nuestra porción de sufrimiento, hacemos depositarios del mismo a nuestros hijos, extensión de nosotros. Padecemos igual o más que ellos sus enfermedades, sus carencias, sus fracasos, sus vicios. Aquella noche que los veía dormir tan tranquilos, cualquiera habría pensado que de nada había que preocuparse; pero solo yo sé lo que me duelen y atormentan. Porque todo lo que nace, nace para el dolor. Sin consuelo caminamos por una senda donde triunfan solo aquellos que la moral y las buenas costumbres nos imponen derrotados: los malos ganan, los ricos entran al cielo por el ojo de una aguja, los inteligentes pierden contra los brutos, los virtuosos son castigados, los viciosos, premiados. Somos tan desgraciados que no sabemos más que nacer y morir, y en ese tránsito lo compramos y lo gastamos todo, lo que ha hecho de la vida una actividad vulgar y corriente. Viendo a mis hijos y a mi mujer desde el pasillo en sombras, pienso: qué fácil habría sido no nacer, quedarme todo entero como una posibilidad de algo, o de alguien, como un grumo de nada en la nada. No habría entonces dolor, no habría sufrimiento, no estaría yo aquí en el pasillo de la casa, mirando a mi mujer y a mis hijos desde un rincón de sombras, deseando que mi mujer mañana no me pida una explicación ni mis hijos me juzguen con el cruel mallete. No nos sentiríamos obligados a construir una casa, comprar un carro, pagar un seguro de vida, tener un trabajo formal, fincar un futuro sobre lo incierto, no enfermar. Sería el mejor de los mundos y la más envidiable de las vidas.

Dichosos, pues, los que no han nacido, bienaventurados todos los que nunca nacerán. A todos ellos, héroes insondables, les dedico estas páginas.

VEINTE

Cualquier cosa me habría imaginado menos lo que me sucedería aquella tarde de mediados de diciembre.

El día parecía más bien deslucido y monótono, y yo, para acabarla, había sido invitado a un informe gubernamental que no podía eludir; para eso y otras cosas es que habíamos venido precisamente a México. Como no tenía traje, fui a la Marina San Fernando, una tienda departamental a espaldas de la antigua casa de mi madre, a comprarme un saco, una corbata y una camisa. También me lustraría los zapatos a la salida del edificio, en esa área que se ha destinado ahora a los vendedores ambulantes, luego de haberlos echado a patadas del jardín central. De no ser porque tenía la esperanza de encontrar una novela de Coetzee que no había podido conseguir en ningún lado, alguien me hubiera tenido que llevar a rastras.

Luego de comprar las avituallas, me comí una hamburguesa en la *food court* del centro comercial y volví a casa con motivos suficientes para no salir el resto del día: no había encontrado la novela de Coetzee y, por si fuera poco, el único saco que me había quedado un poco decente me apretaba de los sobacos. Lo malo es que no tenía con quien despotricar: Maki estaba pintándose las canas en la estética y Julio y Julieta se habían quedado a dormir en casa de mis suegros. El que hubiera recorrido ese trayecto de la antigua casa de mi madre a esas horas habría pensado que Colima era una ciudad apacible y hasta aburrida, sin saber que desde hacía ya varios meses ocupaba el primer lugar en homicidios dolosos a nivel nacional. Había más muertos que en un cementerio, todos a punta de gruesa bala. Lo que más lamentaba era el miedo de la gente. No podías caminar ya detrás de nadie porque el que iba adelante volteaba con pasmo pensando que lo ibas a acuchillar. O a la inversa: nadie podía caminar tras de ti sin sentir ganas de saltar corriendo. Era una especie de psicosis generalizada que te hacía desconfiar hasta de ti mismo. ¿Este miedo también vendría en el informe del gobernador?

Mi compadre René había quedado en recogerme para llegar juntos, pero al final decidí irme por mi propio pie, pues mi compadre me haría esperar casi una hora más por una serie de imprevistos que lo habían detenido a medio camino. Al llegar al honorable recinto, fui abordado por un elegante edecán y llevado a un asiento en la primera fila, justo enfrente de donde daría su discurso el gobernador. Me senté sin mayores aspavientos, más bien perdiendo la mirada en un punto lejano para no tener que saludar a nadie. Entonces entró de súbito un mensaje de Arturo a mi teléfono celular, desde Nueva Zelanda, diciéndome: oye, Tigre, ¿sabías que Diego y Lía se están dejando? La noticia me cayó como un puñetazo en plena mandíbula. Traté de asumir una actitud prudente, equilibrada, tomar las cosas con distancia, pero todo el cuerpo se me empezaba a implicar con la noticia. Le dije a Arturo que no sabía nada y luego, para no levantar suspicacias, le advertí que me comunicaría con Diego en busca de mayores pormenores, lo que hice inmediatamente. En un momento pensé en escribirle a Lía, pero las cosas desde mi venida a mi país no habían quedado bien y lo que quería era más bien enfriarlas. Con Diego, sin embargo, la comunicación seguía guardando la cordialidad requerida y yo podría, incluso, utilizar esta patraña para disimular los enredos que traía con su mujer.

En el mensaje fui tan escueto como Diego lo fue la primera vez que me escribió. Le hice solo tres preguntas: ¿es cierto que te estás separando de Lía? ¿Andas con otra mujer? ¿Puedo hablar contigo en un par de horas? Me arrepentí de haberle hecho la tercera pregunta, pero de eso me di cuenta una vez que ya había enviado el mensaje. La segunda pregunta la hice con el temor de que en su respuesta me fuera mi propia vida, pues mis sospechas de que anduviera con Maki eran casi inobjetables. La primera pregunta se convertiría, en realidad, en una mera muletilla. En cualquiera de los casos, hablar con él solo me expondría a confirmar lo de su separación y a ser yo uno de los motivos de ella. Hay quienes se acostumbran a vivir perseguidos por una sombra y yo soy uno de esos: sin peligro, simplemente, no hay gloria.

Por suerte, el mensaje que recibí a los pocos minutos de Diego, justo cuando empezaba la salutación del gobernador, fue a la vez desconcertante y balsámico. Fue escueto también, aunque terminante. Diego me pidió que antes de que continuara leyendo me detuviera en su nueva firma, al calce de su escrito, lo que hice con un simple paneo de arriba abajo de la pantalla. Bajé la mirada, y decía: «Cindy Brown. Lecturer in Bioestadistics». Etcétera. De momento ni una cosa ni otra me causaron impresión. Subí la mirada y seguí leyendo. Diego se mostraba seguro de lo que estaba diciendo, dando la impresión de un cierto aplomo. Su primera frase, por eso, fue: «Como puedes ver, estoy en mi transición de hombre a mujer». De verdad que a simple vista tampoco lo entendí. Había algo en esa realidad que no lograba conectarse con la mía. Fue hasta que leí «soy transexual», al final de su mensaje y en una sola línea separada del resto del texto, que pude entenderlo todo. O casi todo.

Aunque más sorpresas me esperarían después, de momento me tranquilizó saber que siendo Diego en realidad Cindy mis sospechas de su relación con Maki se diluían, lo que me daba un respiro. Lo único que me inquietaba era que con Lía se abrían demasiadas expectativas, teniendo en cuenta que Diego (ahora Cindy) nos despejaba el camino, pero torciéndolo. Mientras el gobernador parloteaba, yo estuve todavía un par de minutos pensando si le escribía a Lía o me hacía el distraído. Me decidí por lo segundo y le escribí a Maki, para que ella actuara de pivote en eso que todavía no terminaba de creer. En mi mensaje le exponía lo que acababa de decirme Diego. Cinco segundos después me respondió con estas seis palabras: «Estás loco. Nos vemos al rato». Le dije que lo que estaba oyendo era una verdad como un templo y ya no me contestó hasta que nos vimos en la cena después del informe, donde acordamos que al siguiente día ella se comunicaría con Lía para enterarse de todos los pormenores, que no serían nimios. Yo sentí, para entonces, que poco a poco me iba alejando de todo: de Diego, a quien había prácticamente indultado, y de Lía, a quien, desde ese momento, tenía que convertir en una presencia fantasmal de mi vida.

VEINTIUNO

Una semana después de la noticia de Diego, Maki vino a mi habitación. Estaba traduciendo un poema de Peter Olds desde la mañana, aquel bello poema en el que Olds dice que no es más que un niño que corre a todo lo largo y ancho del jardín de su amada, persiguiendo luces innombrables.

Maki me dijo que Lía no le había contestado su mensaje. En realidad no me lo dijo, yo mismo se lo pregunté apenas cerrar la puerta tras de sí. ¿De veras?, insistí, intrigado por tamaña descortesía. Volvimos a hablar del cambio de Diego; no terminábamos de creerlo. ¿Cómo pudo atreverse? Maki extrajo unas monedas de su bolsillo de mano y partió rumbo al mercado, para comprar los aliños de la comida. Teníamos dos días de haber llegado a Villa Hidalgo, el pueblo en el que solemos pasar las navidades acompañados de los padres de mi mujer, cada año. Es un pueblo pequeño, ruin y polvoriento, con dos tiendas de abarrotes, un mercado, un depósito de cerveza y un toldo de lisas tatemadas. En la casona que la abuela de Maki heredó de su madre nos hicimos de una pequeña habitación que ataviamos con lo imprescindible. Pese a que en la noche apenas cabemos, durante el día la habitación se queda vacía, y es cuando yo aprovecho para leer y escribir, teniendo como música de fondo las cumbias de la pollería contigua.

Fue esa misma tarde, mientras regaba las plantas del patio central, que me llegó un mensaje de Lía a mi celular. En el asunto se leía: «Ahora que ya supongo...». No quise abrirlo hasta un poco más tarde, cuando estuviera solo en mi habitación. Así lo hice. Echado de panza sobre la cama, mientras Maki terminaba de ducharse, leí la diatriba de Lía, que enseguida de la primera frase continuaba con esto «... te habrá contado Makita todo lo de Diego. Podrás estar más tranquilo, ¿no? ¿O será por eso que no me has escrito? ¿Tienes miedo?». Oscurecí la pantalla y me di media vuelta, ladeando la cabeza en dirección a la puerta del baño. El mensaje me había dejado más bien impaciente. Por eso preferí no contestarlo en ese momento. A los pocos minutos, Maki salió con una toalla enredada en el cabello y con otra cubriéndole hasta los pechos. Le dije: siéntate, por favor. ¿Para?, dijo, despreocupada. Siéntate, insistí. Tenía la cara caliente y me temblaba una mano, no sé si de rabia o de impotencia. Maki se echó sobre el borde de la cama y empezó a secarse el pelo, metiéndose por el nacimiento de la frente la yema de los dedos, de adelante hacia atrás. Entonces se lo dije: ¿por qué carajos si lo sabías todo no me dijiste nada? Maki se hizo la desentendida, primero, pero cuando le di las contraseñas no tuvo más remedio que consentir. Te lo iba a decir, dijo, trivial. Me enfurecí. Esa excusa es la que me ha dado siempre. De Tom, por ejemplo, me vine enterando cuando ya vivía con él. Y lo mismo me dijo: te lo iba a decir. Esta vez sería distinto, volvió a excusarse. Maki olía mi rabia, sobre todo porque había fingido no saber nada de lo de Diego, aun cuando yo expresamente se lo dije. ¿Qué la había hecho callar tanto tiempo? Te lo iba a decir, Roque. En serio. ¡No me ibas a decir nada, babosa! Maki me hizo una seña con el dedo. Sus papás estaban justo afuera de la ventana, sentados en los equipales: pueden oírnos. ¡Me vale madre! Maki me juró que me lo iba a decir, y que no sabía por qué no me lo había dicho. Supongo que si alguien me pide que guarde un secreto, lo mínimo que puedo hacer es no decírselo a nadie, ¿o no se trata de eso un secreto? ¡Me vale verga de lo que se trate un secreto!, bufé; no me gustó nada que empezara a tratarme como a un imbécil. ¿Por qué carajos no me lo dijiste? Te lo iba a decir, Roque, dijo Maki, sin perder aún la compostura. Y luego me volvió a pedir que bajara la voz, mis suegros ya habían incluso recorrido los equipales hacia el pasillo, seguramente para no escuchar.

Maki es mustia, pero nunca ha sido pendeja. Por eso, me inquietaba saber a qué se debía su silencio, por qué no tuvo la confianza de decirme que sabía lo de Diego. No quise advertirle qué hubiera pasado si, un buen día, le hubiera echado el auto encima, a causa de mis celos. O dado a ella un martillazo mientras estuviera dormida. O partirles la cara a los dos cuando los encontrara desayunando juntos en el

Meridian, como aquella mañana. Diego no hallaba qué hacer, Roque, es un asunto muy fuerte. Cálmate, y discúlpame, dijo, conclusiva.

Me incorporé de la cama y me senté en el borde, junto a ella. Su pelo olía a albahaca. Le dije: nada más dime por qué carajos no me lo dijiste antes. Maki bajó la mirada y, casi inmediatamente después, la alzó. Dijo: porque eres muy chismoso, De la Mora. Apenas la iba a increpar, agregó: reconócelo. Su argumento me derribó. Era verdad: no sé guardar secretos. Negarlo habría significado contradecirme. ¿No vas tú mismo diciéndole a la gente que si lo que va a decirte no se le puede decir a los demás, mejor no te lo diga porque lo irás regando por ahí con todo el mundo? Sí, soy un argüendero, tienes razón, no tuve más remedio que admitir. Un malparido argüendero. Cuando ya las aguas habían amainado un poco, Maki me metió la mano por el cabello, se acercó a mi oído para darme un beso y agregó: ahora tú dime, ¿por qué no me has dicho que te has estado follando a Lía durante todo este tiempo? Maki lo dijo impasible, más bien serena, y su boca todavía se quedó unos segundos pegada a mi oreja. Sentí que los omóplatos se me salían de la rótula. Frías las manos y los labios, sentí de pronto un golpazo en el pecho. Dime, a ver, dijo Maki. Pensé en varias posibilidades de respuesta y, luego de varios girones, esto fue lo mejor que encontré: te lo iba a decir. En serio, nomás pasáramos la navidad y te lo iba a contar todo. Pendejo, dijo Maki, y se soltó riendo, incorporándose de un salto frente al espejo. Maki se reía como si le hubiera dicho que se había sacado la lotería. No quise decir nada, pues todo lo que uno diga en estos casos puede ser usado en su contra. Estiré los brazos a lo largo de la cama y me alcancé la libreta de traducciones que tenía sobre el buró, mientras Maki se maquillaba. La abrí en cualquier parte y encontré un poema de Hone Tuwhare, que había traducido un día anterior: «Lluvia». Me puse a balbucearlo: puedo escucharte/ haciendo pequeños agujeros en el silencio, lluvia/ si fuera sordo/los poros de mi piel/se abrirían para ti/y se cerrarían/y te conocería/ por tu lamedura/si fuera ciego/ese especial olor tuyo/cuando el sol/endurece la tierra/el firme tamborileo/que produces/cuando el viento amaina/ pero si no pudiera/escucharte olerte/ o sentirte o verte/ aun así seguirías/definién-dome/dispersándome/empapándome, lluvia.

Maki no me dijo más nada durante todo el tiempo que estuvo maquillándose. Me veía balbucir las pala-bras de mi libreta, con una esquina del ojo, y sonreía, moviendo la cabeza de un lado a otro. Ni siquiera me di cuenta cuando abandonó la habitación. Incluso horas después seguí viéndola, despejándose la frente, retocándose las pestañas, frente al espejo vacío.

VEINTIDÓS

Alguien tenía que recoger la correspondencia de la casa de Diego y Lía: y ese fui yo. Un par de días antes le había escrito a Diego aún desde México para preguntarle si seguían viviendo donde mismo y Diego, solícito, me lo confirmó y además me indicó que tenía una caja lista con todas mis cartas. Por más que le insistí a Maki que ella, que ya tenía familiaridad con el asunto, fuera a recogerlas, Maki se negó, argumentando que le darían ñáñaras ver a Diego convertido en mujer. Ve tú y me cuentas, dijo. En realidad yo sí tenía ganas de ver aquello. El morbo me corroía las tripas. Pero también sentía un aire enrarecido recorriéndome las arterias, especialmente porque no sabía si estaría Lía con él (o ella) o no, o si el mismo Diego (ahora Cindy) me increparía por algo, saltaría a mis brazos acosándome o me haría alguna propuesta indecorosa, aunque sutil.

No podía esperar más: me enfundé la gabardina (hacía un viento de los mil demonios) y fui donde Diego. Aparqué afuera de la puerta de ingreso.

Descendí y toqué tres veces una campanita que tenían por timbre, justo debajo del cobertizo interior. A los dos o tres minutos, la puerta empezó a abrirse poco a poco, hacia adentro, y de ella emergió un espantajo con faldas. Lo que vi era de no creerse. El Diego aquel de pelo rapado, pantalón de mezclilla y botas de escalador de montaña ahora era una Cindy escuálida, de piernas flacas y depiladas, con pelo al hombro quebradizo, labios pintados de un azul chillante, aretes y dos bolitas en el lugar de los senos, que después supe que eran sendos mogotes de algodón. Tragué saliva dos veces y acepté ingresar en la casa en penumbras.

Aunque intenté mostrar naturalidad, yo sé que estaba visiblemente alterado y se me notaba. Siéntate, me dijo, con una voz fingida de mujer. Como en uno de los tres o cuatro mensajes que nos habíamos enviado me advirtió que por favor de aquí en adelante le llamara Cindy; yo le dije: gracias, Cindy, y me apoltroné en una de las sillas del comedor que tanto cuidaban para no ensuciar la alfombra. Cindy me pidió un momento y se esfumó en las escaleras. Al poco tiempo volvió con una caja en cuyo interior venía toda mi correspondencia. Me la extendió. Gracias, dije, exhalando un vaho caliente. ¿Y?, indagué, con clara intención de que me diera al menos una explicación de lo que había sucedido. No lo podemos creer todavía, me adelanté sin dejarlo hablar, con ligera introversión. Cindy me explicó que llevaba muchos años callándolo. Que suponía que yo no lo entendía, pero que lo suyo era básicamente tener una cabeza de mujer atrapada en un cuerpo de hombre. Todo lo sentía como mujer, dijo, solo que cuando se miraba en el espejo veía a un hombre. Cindy no hablaba mucho, en realidad, pero aun así sus explicaciones me parecían igualmente imbéciles. Una cabeza de mujer en un cuerpo de hombre: bobadas. Como todo lo que me estaba diciendo era porque yo mismo se lo estaba preguntando, en algún momento pensé que lo mejor sería cerrar el pico y hablar de la próxima temporada de manzanas. O algo así. Pero fue demasiado tarde. Diego se ensimismó y empezó a hablar como si tuviera enfrente una botarga. Según eso había cambiado, pero yo seguía viendo en él al mismo de siempre. Me explicó que se convertiría en mujer plenamente: al cabo de dos años, cuando pasara el tratamiento psicológico, se cortaría el pene, luego se pondría senos y cambiaría de voz, pasaría por un largo tratamiento hormonal hasta dejar completamente lo que había sido para reafirmarse en la Cindy Brown que era ahora. Yo creí que mi ingenuidad no llegaría a tanto, pero cuando me dijo que en realidad a ella no le gustaban los hombres sino las mujeres, entonces ya no entendí nada. Era un hombre que decidió convertirse en mujer pero al que no le gustaban los hombres sino las mujeres: vaya vaya, pensé. Cindy me explicó que no era lo mismo la identidad sexual que la de género, y que por eso no necesariamente su transición a mujer implicaba apetencia por el sexo masculino, sino todo lo contrario. Siendo así, pensé en ese momento, no era descabellado que sintiera fervor por Maki, o por la propia Lía, solo que ahora actuaría ella misma como mujer, y ambas entonces, siendo así, tendrían que definirse como lesbianas. Cindy y Maki o Cindy y Lía: dos machorras, que para el caso era lo mismo. Me sentí apabullado por no saber nada de la vida. Lo único que me mantenía a flote era la imposibilidad de que Cindy fuera a acosarme, siendo que en realidad era un transexual mujer al que le gustaban las mujeres.

Hubo algo, sin embargo, que me intrigaba: a qué esperar tanto para decidirse en su transición. Se lo increpé y titubeó. Porque, le dije, son más de quince años con Lía, dos hijos, ¿no es demasiado? Me empecé a referir a él evitando llamarle por su nuevo nombre pero sin usar el antiguo. Como no me acostumbraba aún a olvidar al palo parado que era como hombre y al esperpento que era ahora como mujer, decía las cosas sin nombrarlas, usando el modo impersonal o indirecto o pasivo, lo que fuera necesario siempre que no tuviera que decirle Cindy al Diego que seguía viendo en ese cuerpo anémico y desgarbado.

No sabía muy bien qué era, dijo Cindy, para excusarse de haberse casado, tenido hijos y llevado esa farsa matrimonial durante tantos años. Siempre me sentí incómodo en mi cuerpo, al grado de llegar a aborrecerlo, continuó, pero como me gustaban las mujeres, entonces pensé que era simplemente un desajuste psicológico, y pasajero. Escuchar a Cindy me pareció estar escuchando a un farsante con ganas de pasarse de vivo. No quise entrar en detalles en ese momento. Lo dejé hablar lo que quisiera, al fin que me valían un carajo sus engañifas y yo cada vez más sentía que mi cuerpo adquiría la forma de una botarga. Le pregunté por Lía y me dijo que se había ido de vacaciones a Christchurch con los hijos: regresaría cuando él ya no estuviera ahí, porque se mudaría a un departamento del centro. No me dio mayores pormenores, insinuándome además el muy imbécil que yo «debía saber más de ella que él mismo, ¿no?». Le iba a revirar reprochándole lo de Maki, pero tampoco quise que me saliera con esa treta de que entre mujeres se entienden mejor. No sabía en realidad frente a quién estaba, aunque era claro que no frente a un cordero. Le dije que me tenía que ir y cogí la caja de la correspondencia, que me coloqué bajo el sobaco. Cindy se levantó de la silla con lentitud, como si tuviera las piernas entumecidas y la espina dorsal rota. Me abrió la puerta e intentó despedirme con un beso en la mejilla, pero lo rechacé. Le alcé la mano nada más, subí a mi auto y me esfumé en la siguiente esquina.

VEINTITRÉS

Maki y yo decidimos ir a desayunar al restorán turco, a un costado del Meridian. Era viernes (mi día de investigación) y lo utilizaba para tomar un poco de aire deambulando por la ciudad. Caía una lluvia delgada e indefensa, y hacía, por fortuna, un viento cálido, antesala de un verano que amenazaba con socavarnos.

Elegimos una mesa contigua al enorme ventanal que miraba a la avenida y pedimos dos kebabs, Maki de falafel y yo de borrego. No tuvimos mejor tema de conversación que Diego, Lía y sus hijos. No era extraño: todos los días, desde que supimos la noticia, hablábamos de lo mismo. Desde aquella discusión en Villa Hidalgo, Maki no había vuelto a indagar nada. Cuando aludía a Lía lo hacía solo bordeándola, pasando por debajo o encima de su nombre, pero sin tocarla. Se refería a ella precisamente así: como «ella». No me importaba. El morbo tenía mayor cinismo que nuestros escrúpulos. No terminábamos de caer en la cuenta de lo que estábamos viviendo. Aunque había visto a Lía más de un par de veces a mi vuelta, nuestro contacto era mecánico y entrecortado, tal como el que se establece entre dos mercachifles que solo se intercambian viandas y dinero. A Maki le seguía impresionando que Diego nunca hubiera dado ningún indicio de lo que llevaba dentro de ese cuerpo de hombre. No hubo nunca un desliz en sus maneras, una turbiedad en su mirada, un extraño ademán siquiera que moviera a sospecha. Ni aun cuando empezó a citarse con ella para confesarle el martirio que vivía, Maki lo creyó. Llegué a pensar, dijo aquella mañana, que lo que quería era realmente seducirme con ese cuento, llevarme a la cama sin que yo me diera cuenta, como con un velo de palabras ambiguas atado a los ojos. No lo podía creer. Diego le dijo que tenía ya varios años yendo con un psicólogo y desde que arribaron a la ciudad se había inscrito con un terapeuta para seguirse preparando para el momento decisivo. Todo el día, todos los días, soñaba con esa liberación, y en ella no mediaba el amor a sus hijos o a su mujer.

A mí me perturbaba precisamente eso: cómo no le consternó destruirle a Lía más de quince años de matrimonio y a Sara y Toni, visiblemente afectados, su endeble infancia. Maki y yo coincidíamos en que la severidad de los daños colaterales imponían en él una decisión distinta: darse por muerto o simplemente desaparecer y quedar solo como una presencia intermitente, desde alguna otra ciudad o país. Haber involucrado, como nos lo había dicho Lola días atrás, a sus propios hijos en el proceso era para ellos, lo pensábamos, una cuchillada por la espalda. Las versiones de Linda coincidían con las de Lola: Sara, la hija mayor, parecía trastornada. Toni, poco menos que lunático. Ambos empezaron a tomar tratamiento psicológico desde un principio, y Sara medicación: le había dado por encerrarse en su habitación sin bañarse, comer y sin hablar con nadie. La que parecía tener los pies sobre la tierra era Lía, pero en realidad no habíamos hurgado más en su interior, solo aquellas noticias que nos llegaban de amigos o casuales confidentes. Olvidé decir que la primera vez que me escribió Diego para darme la noticia, en uno de los mensajes de ese intercambio me mostró la carta que les envió a sus colegas de Departamento. En ella les comentaba su decisión de cambio de género y les pedía que lo empezaran a llamar con su nuevo nombre: Cindy Brown, que empezaría a aparecer en todos sus documentos oficiales, luego de que la universidad, apoyada en un minucioso parte médico, se lo autorizara. En uno de los párrafos de esa carta, Cindy les decía que sabía lo difícil que sería en un principio acostumbrarse al nuevo nombre, lo cual entendería, pero que pasado un tiempo, de no conseguir que lo llamaran así, se les acercaría al oído y, muy respetuosamente, les recordaría que ya no era Diego Valente sino Cindy Brown.

Maki y yo comíamos el kebabs como flotando en un espacio desértico y ensombrecido. El caso nos había realmente descolocado de la realidad. Lía y Diego, y los hijos, estuvieron en casa muchas veces, varias de ellas salimos a comer o cenar, visitamos lugares turísticos de la bahía, conversamos largamente, bebimos cerveza: salvo la extrema introversión, no había otro indicio de que dentro de la cabeza de Diego se estuviera librando una terrible batalla. Nos parecía, de hecho, una familia modelo. En alguna ocasión, viéndolos salir un domingo de la iglesia, yo le llegué a comentar a Maki que me habría gustado ser como Diego, tipo reservado, familiar, de buenas maneras y mejores hábitos, sin saber que ya en ese entonces la relación que tenía con Lía era anómala y disfuncional. La propia Lía le llegó a comentar tiempo después a Lola que tenía varios años viendo a Diego solo como a un hermano, y él a ella de igual o peor manera. Lo que sí he descubierto es que cuando las parejas no están bien compenetradas o sólidas, siempre ocupan sucedáneos, otras parejas que se integren a ellas para insuflarles un poco de aire renovado y sacarlas de la monotonía. Eso fue lo que pasó ciertamente con Lía y conmigo, y lo que nos hizo involucrarnos sentimentalmente en la forma en que lo habíamos hecho. Los vacíos siempre tenderán a llenarse con algo: el vaso que no tiene agua con agua, la mujer que no tiene hombre con hombre. Siempre que fuimos a comer a casa de Diego y Lía, terminábamos jugando a las cartas, primero, y luego viendo una película. Lía nos pedía que nos quedáramos más tiempo, Diego buscaba la forma de impedir que nos fuéramos. Para Maki y para mí los compromisos con amigos siempre han sido eso: compromisos que nos coartan los preciosos momentos que tenemos para estar solos, con nosotros mismos. Jamás buscamos perpetrarnos como pareja en los amigos, aunque eso no quiera decir que no deseemos cada uno en lo individual tener nuestros «cuartos propios». De cualquier modo, todo lo que empezamos a notar de la relación de Lía y Diego no lo habríamos seguramente visto de no haber sucedido la hecatombe que puso todo patas de cabeza. Del restorán turco salimos Maki y yo entrado el medio día, y a pesar de que habíamos barrenado todos los ángulos del tema, como sucede con los eventos que nos han causado un gran asombro, nos quedamos con la sensación de no haber llegado a nada. Como Maki tenía que recoger temprano de la escuela a Julieta para llevarla al psiquiatra, acordamos que yo me quedaría en el Meridian a mirolear. Nos dimos un beso en el umbral de la puerta de ingreso y partimos, cada quien en sentido contrario.

VEINTICUATRO

Lo primero que uno hace cuando quiere saber más de algo que no conoce es buscar. Como yo había pasado hacía un par de años por un episodio de ansiedad relacionado con un asunto sexual —se me metió en la cabeza que era homosexual y no había nada ni nadie que pudiera sacármelo—, entonces empecé a buscar qué carajos era eso de la transexualidad.

No me bastaba con la definición de soy una mujer encerrada en un cuerpo de hombre, o a la inversa, quería ver quiénes formaban esa comunidad de transexuales, qué hacían, cómo lo hacían, desde dónde lo hacían, en fin: qué carajos era eso que había secuestrado los últimos meses de nuestra vida. Yo había visto hombres vestidos de mujeres en mi ciudad, pero para mí siempre fueron gays, jotos, homosexuales, simples putos que no hacían otra cosa que desgreñarse en los tugurios, propiciar escándalos en las calles o cantinas y auspiciar depravaciones. Cuando trabajé en el Ministerio Público conocí cientos de estos seres marginales que llegaban con el hocico partido por la mitad o las espaldas arañadas, a causa de los pleitos que ocasionaban en los congales a los que eran asiduos. Había unos grotescos, otros hermosos, unos carismáticos, otros insoportables. A todos, sin embargo, los unía una sola constante: eran discriminados y tratados de forma execrable.

Lo primero que hice para adentrarme con pies de plomo en ese mundo desconocido fue hurgar en el Facebook de Diego, con la cuenta falsa que utilizaba para casos como estos. No encontré mucho, en realidad, salvo unas cuantas fotos en las que aparecía vestido de mujer y con una larga lista de amigos, todos visiblemente transexuales. Los comentarios que tenía en su perfil me llevaron a buscar en su cuenta de YouTube, que había tenido el descuido de dejar abierta, de manera que se podían ver los videos que había visto de manera cronológica. Fui hasta el de fecha más antigua y, en efecto, coincidía con el momento en que había decidido su transición, luego de pasar por un viacrucis personal, durísimo y terrible. Los primeros videos tenían que ver con hombres que habían decidido «transicionar» (así lo decían) a mujer y contaban su historia, lo difícil que había sido tomar la decisión, lo angustiante de enfrentarse sobre todo a la sociedad. Algunos, como puede constatarlo el que hurgue un poco en YouTube, llegaron a hacer videos en los que resumían en segundos su cambio de varios años, de tal modo que podías ser testigo de un proceso impactante de un hombre con músculos, pelo corto, facciones duras, a una mujer de voz delicada, con pechos pronunciados, caderas anchas y pómulos tersos. Aunque no lo pareciera, explorar cada uno de los perfiles era como haber ingresado en un mundo nuevo, encapsulado en otro más grande e indiferente, del que yo me sentía parte. Las imágenes me empezaron a perturbar de tal modo que había momentos en los que llegué a pensar si yo mismo no era transexual y no quería admitirlo o una parte de mí se hubiera empeñado en negarlo. Me acerqué más en el tiempo y vi que Cindy Brown se había adentrado cada vez más en el asunto, ahora en temas que le interesaban específicamente sobre su transición: el cambio hormonal, las cirugías estéticas de ojos, las argucias bucales y laringias para conseguir una voz de mujer y, por supuesto, la lucha por la aceptación social y el pleno respeto a sus derechos humanos y legales. Inscrito a decenas de canales relacionados con el mundo transgénero, pronto supe que lo que Cindy Brown buscaba era reafirmar su identidad para no desistir, y no tanto porque no estuviera segura de que era una mujer hecha y derecha dentro de un cuerpo de hombre, sino sobre todo porque deben ser tantas las tribulaciones sociales padecidas en el trayecto, lleno de dudas y rechazo, que es necesario reafirmar todos los días dicha entereza.

En uno de esos *links* que aparecían en uno de los videos se hacía referencia a un documental que me impactó: en él un hombre transgénero contaba su historia, muy parecida al caso de Diego. Estaba casado, pero sin hijos, cuando decidió «transicionar» a mujer. El camino fue tortuoso, lleno de soledad, angustias, depresión, intentos de suicidio, abandono. Como Diego, era un transgénero mujer al que le gustaban las mujeres, y tuvo que dejar a su esposa, a la que amaba, porque, contrario a él, a ella le gustaban los hombres, o sea él antes de convertirse en la mujer que era. Podía quererlo como hombre, pero no como mujer, contrario a Diego, que al cambiar de género no había cambiado su inclinación sexual. Era una mujer homosexual. El protagonista del documental, director del mismo, llevó su historia hasta el momento en que le mutilan el miembro, le construyen una vagina y le indican el proceso que tendrá que llevar a cabo para mantener dilatado el orificio de su nuevo órgano sexual. Es conmovedor verlo recostado sobre la cama, en una habitación oscura y solitaria, introduciéndose unos tampones en la vagina mientras se atisba, a través de la ventana, una ciudad llena de luces y de grandes edificios, de ruido y velocidad, a la vez extraña y a la vez distante. Estuve por más de dos horas metido en esa especie de submundo que no parecía tener fin. Desde entonces, por una razón inexplicable, empecé a notar un aumento en los casos de transexualidad en el mundo cotidiano, de manera que el submundo se me empezaba a confundir con el mundo de todos los días. Ignoro si era porque estaba cada vez más consciente de ello o era que conforme pasaba el tiempo sus casos se trivializaban más. Abría Facebook y me encontraba con una historia de niños que habían decidido «transicionar» a niñas, entraba a Twitter y aparecían reportajes sobre artistas con hijos transgénero o artículos sobre dramas vividos por sus víctimas. Una noche, antes de ir a la cama, entré a internet y me encontré con la noticia del militar estadounidense, musculoso y de mirada torva, que se había convertido en una exuberante mujer, luego de volver de la guerra. Aunque buscaba interiorizar en las nervaduras del tema, seguía siendo incapaz de comprender, como en otras ocasiones, qué sería sentir y pensar como mujer teniendo un cuerpo de hombre con una inclinación sexual por las personas del mismo sexo, como era el caso de Cindy Brown, a quien todavía recordaba como Diego dando traspiés en los torneos de futsal que librábamos en el Edgar Center.

VEINTICINCO

La insistencia de Lía había llegado a tal grado que no tuve más remedio que encontrarme con ella. Nos vimos en el lugar de siempre: una pequeña y soleada habitación del motel de St. Clair. Pese a que había adelgazado visiblemente y su piel mostraba los estragos de su reciente separación, Lía seguía conservando una genuina vitalidad, y su sonrisa. Sus pechos se le habían disminuido y sus manos habían perdido lisura, pero sus nalgas continuaban firmes y sus labios dulces. Estuvimos echados toda la tarde y parte de la noche, hasta la madrugada, en que tuve que librarme de sus brazos para volver a casa. La primera hora, luego de hacer el amor, que fue lo primero que hicimos apenas vernos, Lía se la pasó reprochando mi frialdad y mi soberbia. Intenté sortear sus embestidas diciéndole que debía ser prudente ante lo que estaba viviendo, y que en muchos sentidos nos implicaba. Lía vivía ahora sola, junto a sus hijos, en la misma casa adosada de siempre. Diego se había mudado a un departamento en el centro y la había dejado en posesión del auto que parecía un contenedor y de todo el menaje de casa, salvo un escritorio y una cama individual, que Diego utilizaría para empezar su nueva vida. No hablaba mucho con él, apenas lo veía cuando iba a recoger a los hijos a casa, en los días de visita acordados con el juez para verlos. Lía me confesó que, en efecto, los chicos la estaban pasando muy mal. Salir con Diego como mujer a la calle les parecía un oprobio insoportable, aun cuando los reportes que ella recibía de la psicóloga indicaran que estaban asumiendo muy maduramente la transición de su padre. No me atreví a preguntarle qué realmente sentía de todo esto, pero por el color que irradiaban sus palabras podía inferir que lo. que más rabia le producía era haber sido víctima de una traición. En algún momento de la conversación, dijo: «Me sentí usada todo este tiempo nomás: como una pendeja». Sus palabras emergieron de su boca envueltas en otras palabras que las hicieron parecer accesorias, sin embargo para mí fueron medulares si tomaba en cuenta los años que le había entregado a Diego. Mientras estábamos sentados sobre la cama, con las espaldas recargadas en la cabecera, no pude evitar decirle que a mí se me figuraba que Diego había decidido venir a Nueva Zelanda no por un asunto puramente de progreso profesional sino para poder, lejos de sus autoritarios padres y familia, tirar por fin a la basura su cuerpo de hombre. Lía esbozó una mueca, con la certeza de no haber reflexionado antes lo que acababa de decirle, pero no asintió ni dijo nada, tal como uno no asiente ni dice nada en aquellas circunstancias en las que ya nada se puede hacer. Aproveché para preguntarle que si en algún momento le había dicho a Maki de lo nuestro y Lía me confirmó que no, para luego decirme algo que me enrareció: en realidad, Diego estaba enamorado de Maki. Un día pude leer todos los mensajes que le enviaba desde su teléfono móvil, algunas de las cartas por email y, sobre todo, la forma en que Maki le respondía. Sentí un ligero estremecimiento, que me devino en un parpadeo incontrolable. Lo que me estaba diciendo Lía era posible, teniendo en cuenta que la inclinación de Diego por las mujeres seguía incólume, aun cuando fuera él mismo una mujer. Nunca creí, sin embargo, que Diego fuera del tipo de Maki, aunque todo podía ser. Yo me he acostado con mujeres solo por la pena de negarme. Y me he enredado con ellas y llegado a honduras inimaginables sin saber siquiera por qué. Ninguna razón de peso había para pensar de Maki lo contrario. Como en el fondo de las palabras de Lía notaba una ávida ventaja de llevar el agua a su propio molino, le dije que si había superado lo de su vida con Tom, bien podía pasar por alto sus cachondeos con su ex marido.

Entre Lía y yo había una distancia que cada vez se hacía más y más grande. Yo la intentaba abrir, mientras que ella luchaba por estrecharla. Al filo de la medianoche, me dijo que ahora que estaba libre no tendría pretexto para no verla, o para esconderme de ella «como un gusano». No quise reprenderla de la misma manera. Al contrario, preferí apelar a que, en aras de la estabilidad de sus hijos, no cometiéramos excesos. No le importó. Tuve la posibilidad de volver a México, dijo, pero decidí quedarme no solo por ellos (se refería a sus hijos), sino por ti, y me abrazó y besó en el cuello, colocando su muslo contra mi abdomen. Le iba a decir que Diego, con quien conservaba una amistad cordial y respetuosa, seguía siendo para mí un impedimento moral, pero decidí no mentir más, ni decir nada ni volver a contrariarla. Mordí, a cambio, su nuca, y extendí la mano para apagar la luz de la única lamparita que había permanecido encendida en toda la habitación. El brillo de las farolas del malecón era suficiente para ver su cuerpo entre sombras, delgado y húmedo, y sus pezones refulgentes. Le dije que la quería y que no la iba a dejar nunca, y ella me juró que haría todo lo que fuera posible para no perderme jamás. Me habría gustado quedarme toda la noche abrazado a su cuerpo, de haber sabido que sería en realidad la última, pero de la vida uno lo único que sabe es que siempre nos lleva por caminos insospechados y, muchas veces, sin salida, así que le pedí que se vistiera y, antes de regresarla a casa, fuéramos a cenar algo a un bar junto al malecón, que solía estar abierto a esas horas de la noche.

Mientras Lía se enfundaba en un vestido color miel de débiles tirantes, yo me puse a ver el romper de las olas a través de la ventana, sentado en el sillón junto a la cama. Distinguía gaviotas en la oscuridad, su aleteo tenaz sobre la espuma que dejaba la rompiente en la arena, y sus pequeñas huellas, frágiles y efímeras, que el agua hacía desaparecer en un instante. Esas pequeñas huellas de las gaviotas me parecieron aquella madrugada muy parecidas a mi propia vida, igualmente frágil y efímera, y por más que quise alejar de mí esa imagen atroz y exasperada, jamás pude. Se ha deshecho y se ha vuelto a hacer en mi memoria desde entonces, con la monotonía de las olas.

VEINTISÉIS

Apenas un par de meses después de mi último encuentro con Lía, me enfundé un pans de lana gruesa y una chamarra azul con orejeras y salí de casa para llevar a cabo mi acostumbrada activación matutina. Mi afán consistía en subir corriendo la empinada de Brockville por la arboleda de la iglesia hasta llegar a la colina de la presa de tratamiento de aguas, donde solía arrojar piedras pequeñas mientras pensaba en los asuntos pendientes del día. Mi mujer había ido a dejar a los niños a la escuela y no volvería hasta el mediodía. Tenía un desayuno con su antigua maestra de inglés, que la había citado para un café en la fuente de sodas de Briscos. Aun cuando hacía un frío de los mil demonios, el cielo estaba despejado y el vuelo de los pájaros que sobrevolaban mi cabeza era raudo y alegre. Podría decirse, incluso, si la escena se hubiera visto desde detrás de una ventana, que el tiempo, agradable y generoso, invitaba a realizar actividades familiares al aire libre.

Ignoro todavía por qué, poco antes de emprender

el camino elegí la ruta contraria a la acostumbrada. No se trataba de un cambio radical en el trayecto, sino de una variante en cuanto a la empinada que tomaría apenas traspasara la planta de tratamiento de aguas. Para decirlo más gráficamente, yo solía bordear la orilla contigua a la carretera, esa que entroncaba con el camino a Mosgiel, pero ahora lo haría por la vereda que se internaba en el bosque, donde había, por cierto, un acantilado desproporcionado para la recién inaugurada reserva natural. Succioné tres bocanadas de aire frío y empecé a correr por la cinta asfáltica, pegado a la banqueta, para evitar tropezarme con los transeúntes que cada mañana sacaban a pasear a sus perros. En la esquina de la iglesia, en lugar de doblar a la izquierda, seguí recto y atravesé la parada del autobús, a cuyo chófer, conocido de algún tiempo, le alcé la mano con gratitud, pues no hacía mucho me había auxiliado con el cambio de una llanta averiada de mi automóvil.

Entré en la reserva natural, una explanada que parecía irse de bruces al terminar el horizonte, y, como había un tramo de terracería un tanto pedregoso, reduje un poco la velocidad, casi se podría decir que empecé a caminar con paso apresurado, aunque en realidad trotaba. No había ninguna otra persona más ejercitándose esa mañana a mi alrededor. Un viento, de pronto arrebatado, se infiltraba entre las ramas de los altos pinos produciendo un sonido parecido al del papel periódico que uno arruga antes de arrojar al bote de la basura. El canto de los pájaros hacía de contrapunto de ese viento a la vez estridente y ceremonial. Era tanto el silencio que se podían escuchar los aleteos de los pajarillos sobre las copas de los árboles. Fue antes de subir la empinada hacia la segunda sección de la reserva, todavía sin acceso al público, que giré la vista hacia la barranca y vi un bulto. Primero pensé que se trataría de una mala celada visual, pero luego de detenerme completamente y de fijar la vista comprobé que no: se trataba, efectivamente, de un bulto. Luego de reponerme de un ligero mareo, vi con detalle la sábana morada que lo envolvía de pies a cabeza y que lo amordazaba de los tobillos, con una cinta negra, y de la cabeza, a la altura de la frente, con una soguilla blanca.

El cuerpo estaba casi en posición fetal, de espaldas a mí, con lo cual era imposible saber si la sábana tendría una abertura que atisbara el rostro. Sentí, de súbito, un miedo inusitado y quise huir corriendo, procurando que conforme avanzara de vuelta a casa se me convirtiera en una de esas pesadillas que se disuelven apenas uno se levanta de la cama y va al retrete. Pero no lo conseguí. Una voluntad más osada que la mía me hizo, por el contrario, avanzar en dirección al fardo, sorteando piedras, ramas caídas, troncos carcomidos por la lluvia y la maleza. Cada tanto volteaba hacia un lado y hacia otro, no fuera a ser que por meter las narices donde no debía terminara convirtiéndome en el principal sospechoso de lo que se imponía un terrible crimen. Rodeé el bulto guardando una distancia de unos dos metros y, una vez que estuve de frente, me alejé unos pasos para verlo en perspectiva. Desvié la vista inmediatamente y, luego de unos segundos, la volví a regresar a su sitio, como para confirmar que lo que había visto antes era lo que seguiría viendo después. Así fue: ¿era Cindy Brown? Jamás me habría imaginado que el azar y la fatalidad se hubiesen confabulado para ponerme frente a una circunstancia así, para nada creíble si con ella intentara convencer a amigos y familiares. ¿Era Cindy Brown? Los ojos muertos del bulto se posaban con pasmo en algún rincón del infinito, pues su cabeza, recargada sobre una piedra, había quedado ligeramente alzada hacia el cielo. Si alguien me preguntara ahora qué conservo de aquella imagen atroz, diría que el morado chillante de su labial, descorrido por las comisuras y embadurnado incluso en sus mofletes y frente, como si alguien se lo hubiese restregado con saña poco después de haberle asestado la cuchillada final. Era como estar viendo la cara deslavada de un payaso.

Pensé que saldría corriendo del cerco de la brutal escena, pero a cambio di algunos pasos hacia atrás, con aplomo, y en lugar de volver a retomar el camino por el que venía, me interné en el bosque a la busca de una empedrada que conducía a uno de los ingresos laterales de la planta de tratamiento de aguas, que a su vez conectaba con la calle Brockville, justo donde hacía una T con mi propia calle. Mientras volvía a casa, tuve la intención de regresar para tomarle una fotografía al cuerpo inerte, sobre todo al rostro, pues empezaba a creer que lo que acababa de ver lo había en realidad imaginado, visto como en una ráfaga de sueño o a través de uno de esos pensamientos intrusivos que solían subvertirme la realidad. No lo hice. Crucé Brockville y entré en el Dairy. De uno de los refrigeradores extraje una botella de agua de un litro y me la bebí toda entera de un sorbo, causando el asombro del tendero, que arqueó las cejas. Salí y, sin más rodeos, volví a casa, donde me eché sobre el sofá, todavía sin resolver si le escribía a mi mujer para darle la noticia o la esperaba para contársela en persona, al fin que ya le quedarían unos cuantos minutos para volver.

VEINTISIETE

Me arrepentí de no haber fotografiado de cerca el rostro inerte de ese bulto parecido a otros bultos que yo levanté durante mi tiempo en el Ministerio Público. Me arrepentí no por lo que significara como evidencia, sino porque con la distancia y la turbación dudaba a esas alturas de que fuera Cindy Brown, o incluso de que realmente lo hubiera visto. ¿No era un simple tronco raído cubierto por una capa morada?

Cuando Maki volvió de la reunión con su maestra de inglés, todavía esperé algunos minutos antes de confesarle lo que acababa de sucederme. Fue mientras metía la ropa en la secadora que me detuve detrás de su espalda para comentarle que había encontrado muerto, en la reserva, a Cindy Brown. Maki no me escuchó. Le repetí: esta mañana encontré muerto a Cindy Brown en la reserva. Maki metió más ropa en la secadora y todavía bajó otro canasto de encima del anaquel, que volvió a introducir en la máquina, a fin de completar la carga. Yo creí, por eso, que no me había vuelto a escuchar, pero entonces la vi que se dio la media vuelta, me miró a los ojos y me dijo: ¿te sientes bien, Roque?, y se me quedó mirando fijamente a los ojos, buscando que le dijera que me había negado de nuevo a tomarme los ansiolíticos. Le expliqué lo que había sucedido: salí a correr en la mañana, por la terracería de la reserva, etcétera. Maki me indicó que llamaría a Lía, pero yo le pedí que no lo hiciera; tenía temor de que recayera sobre mí mismo cualquier tipo de sospecha. Tampoco podíamos hablarle a otros amigos porque el hecho se había suscitado unas cuantas horas atrás y seguramente nadie estaría enterado aún. Ir a la policía me pondría, de entrada, como un sospechoso, y considerando que ya había estado involucrado en un caso similar, presumiblemente una línea de investigación se volcaría contra mí. Entonces te agendaré cita con el doctor, dijo, cuando advirtió mi turbación. Tragué saliva. Me froté las manos, que me sudaban. De momento ya no supe si realmente había salido a correr, incluso, esa mañana.

Maki sugirió que esperáramos hasta que saliera algo en las noticias, pero a mí realmente me inquietaba no poder ser concluyente en mis elucubraciones. ¿No lo habrías matado tú, De la Mora, y no me lo quieres decir? La broma de Maki no me hizo ninguna gracia. Al contrario, me ofuscó por un instante. Aunque pareciera extraño, no lo había pensado: de haber sido Cindy Brown, ¿quién lo habría asesinado de esa forma tan cruel? Pensé que podría tratarse de un crimen pasional o de odio. Como no tuve la oportunidad de auscultar el cuerpo, no podía aplicar mis conocimientos forenses aprendidos durante los cinco años que trabajé en el Ministerio Público para determinar si lo era o no, tal como lo hice con mi tío Antonio, hermano de mi padre, que recibió sesenta y tres puñaladas de un hombre con el que llevaba una relación sentimental, a escondidas de su mujer.

Todo el resto del día me la pasé buscando en internet la noticia. Maki, despreocupada, siguió con sus actividades cotidianas. No me explicaba su pasividad, pero no me extrañaba que fuera de otra manera. A la mañana siguiente, y poco antes de darme una ducha, fue Maki la que recibió una llamada de Linda. La vi con el celular caminando de un lado a otro por el pasillo, con los ojos ligeramente desorbitados. Me detuve en el marco de la puerta y, justo antes de que atravesara el umbral hacia la ducha, me hizo una seña con la mano y luego movió la cabeza indicándome un sí en repetidas ocasiones. Me quedé estático hasta que colgó. Maki vino hacia mí y me confirmó lo que yo mismo había visto con mis propios ojos: que sí era un muerto, pero que no era Cindy Brown, dijo Maki. Linda se lo había corroborado pensando que, por haber sido encontrado cerca de nuestro barrio, ya tendríamos los pormenores. Te lo dije, Maki. La noticia estaba ya en el *Otago Daily Times* y algunos otros medios digitales. La comunidad hispana la traía de boca en boca también, como una papa caliente. Aunque me aliviaba que no se tratara de Cindy Brown —¿estaban realmente seguros en verdad de que no lo era?—, yo empecé a tener miedo de que alguien me hubiera visto correr por el área sin que me diera cuenta. No recordaba haber advertido a nadie, en realidad, y aunque así lo hubiera sido yo no recordaba haber cometido ninguna imprudencia.

La policía podía interrogarme y quedarse con todas mis respuestas guardadas debajo del sobaco. Maki, en un momento, se puso seria y me preguntó que por qué estaba tan alterado. Le contesté que en realidad no lo sabía muy bien, tal vez por el próximo viaje que teníamos que hacer a Japón, no sé. Y en realidad no lo sabía: me sentía nada más, eso sí, con la mitad del cuerpo metido en un hormiguero. Cuando pensaba en la posibilidad de que en realidad se tratara de Cindy no sé por qué aparecía Lía al fondo del cinematógrafo, a quien me imaginaba fraguando la muerte de Cindy para podérselo quitar de en medio en su camino hacia mí. No la creía capaz de eso, pero luego de las tantas sorpresas que uno ve en la vida, y de lo enfermo que está ya el mundo, negarlo rotundamente habría sido un despropósito. Quizá Diego o Cindy o como se llame se había enredado con alguna mujer o con algún hombre y en su desesperación por obtener afecto llegó a límites que el otro no toleró, lo que ocasionó lo ya visto, con lamentables consecuencias. La chispa de la ira se enciende siempre a la mínima provocación. El mundo de Cindy era tan desconocido que cualquier cosa podía esperarse de él.

En virtud de que era notoria mi turbación, Maki me pidió que no fuera a contar por ningún motivo a nadie lo que había visto la mañana previa, y que si por algún testigo se me señalaba como uno de los que rondaron la zona aquel día, yo tenía que limitarme simplemente a decir que, en efecto, yo corrí por ahí esa mañana pero que jamás vi nada. Le dije a Maki que no se preocupara, que todo eso diría. En la nota del *Otago Daily Times*, por cierto, se hablaba de un hombre encontrado muerto en la reserva natural de Brockville, con signos de asfixia y algunos golpes en diferentes partes del cuerpo, pero no se daban más detalles sobre el asesino ni sobre su paradero, mucho menos sobre las causas de la muerte. Alterado, preferí tomar distancia de la situación y no contestar siquiera a los mensajes que me empezaron a llegar de colegas y conocidos, sobre todo de aquellos que sabían que entre la reserva y nuestra casa había tan solo algunos cuantos pasos de distancia.

VEINTIOCHO

Tres semanas después del crimen de la Reserva, aún por resolverse, Maki y yo decidimos volver definitivamente a México. Lo decidimos en una noche, luego de hablar con el psiquiatra de Julieta, quien nos dijo que si la pequeña se encontraba menos ansiosa en nuestro país, lo más saludable para ella y para nosotros era regresar. Si bien el Trastorno Obsesivo Compulsivo (TOC), que fue lo que se le diagnosticó, no derivaba en ninguna otra enfermedad mental, en especial esquizofrenia, lo que solo de pensarlo nos aterrorizaba, en algunos artículos especializados que leí la soledad y el aislamiento eran factores clave que podrían detonarla, además del clima y, agregaría yo, el ánimo social. No queríamos, por ningún motivo, ceder un pie a la incertidumbre, y menos ahora que Julieta pasaba por crisis más frecuentes, todos los días en la mañana le dolía el estómago (sin ser nada patológico) y era constantemente asediada por las pesadillas, como era mi caso; de ahí que el psiquiatra hubiera enfatizado más de alguna vez la importancia del componente genético en este tipo de trastornos. Como tú lo tienes, Roque, me dijo, no debería sorprendernos que Julieta lo haya heredado de ti.

Maki estuvo de acuerdo en que sería lo mejor para todos volver entonces a nuestro país y yo, incluso, tomé como un plus de aquella determinación terminar con todas las sombras que me acechaban, incluida la crisis financiera por la que atravesaba mi Departamento y la cada vez más complicada relación que llevaba con Lía. Por fortuna, la policía no me había citado a declarar y las líneas de investigación tomaron otros derroteros, según me comentó Arturo una noche de futsal. «Un ajuste de cuentas entre las mafias maoríes, Tigre, ya ves: drogas». Y al pronunciar la palabra *drogas* lo hizo acentuando una mueca y deslizando un doble sentido. No comprendí su doble sentido, pero de pronto sentí un alivio al relacionar de súbito la piel morena del bulto que yo había visto con la piel igualmente morena —del mismo tono maorí— de Cindy. Las últimas semanas había estado yo meditabundo, sumido en asuntos relacionados con el destino y la imprevisibilidad de la vida. Pensaba, por supuesto, en el entonces Diego y en aquel primer mensaje que me había enviado, entusiasta aunque lacónico. También en la felicidad que nos produjo saber que una familia mexicana se uniría a nosotros y lo benéfico que resultaría para nuestros hijos. Todo aquello había terminado en una hecatombe. Diego (o Cindy) si no estaba muerto estaba al menos muy desaparecido (ya no sabía cuánto tiempo tenía sin saber de él desde la última vez que lo vi) y nosotros a punto de subir a un avión para ir primero a Kobe (Japón) y luego a México.

Fue a la mañana del siguiente día que hablamos con una agente inmobiliaria (madre de una amiga de Julieta) para poner la casa en venta, y luego con un agente de venta de autos para deshacernos asimismo de la camioneta. El resto del menaje de casa lo venderíamos entre amigos, por internet y a través de una *website* que Maki diseñaría para el caso. Como decidí no renunciar a mi puesto en la Universidad, lo que hice fue hablar con la jefa de Departamento para que me autorizara un permiso sin goce de sueldo por seis meses; después vería si me quedaba en México o, contra mi voluntad, regresaba a Dunedin. Teníamos un margen de un par de meses para venderlo todo y enviar mis libros de regreso a mi país, considerando que era lo único que decidimos traer con nosotros, si bien la mudanza nos salió carísima; tanto que en un momento dado pensamos en la posibilidad de arrojar los libros al mar. Nadie lo creería ahora, pero así ocurrió: si esto nos va a hacer estragos en nuestro ánimo, Maki, le dije, los arrojo al mar. La pérdida habría significado para mí un duro golpe, pues eran libros que me habían acompañado veinte años, pero no podía arriesgarme a perder otra vez a Maki. No, De la Mora, llévatelos, y que sea lo único que nos acompañe de regreso. Y así fue. En un mes encontramos una agencia de mudanza que atinó con el precio y poco después el contenedor de libros se estaba embarcando hacia México. La camioneta se vendió en menos de una semana, aunque el acuerdo fue entregarla el día de nuestra partida a Japón, y la casa en escasas tres semanas, a una joven pareja que se enteró que vendíamos prácticamente todo el menaje de casa y se interesó por el refrigerador, la estufa, la lavadora y secadora, etcétera. Nuestra cama de años la entregamos a una estudiante coreana que no tenía dónde dormir, y la cuna que había sido de Julio, primero, y de Julieta, después, a una vecina que daría a luz en apenas un par de meses. Un día nos vimos con unas cuantas maletas, un boleto de avión en las manos y dos cartas: una en la que la Universidad de Otago me otorgaba un primer permiso de seis meses y otra en la que la Universidad de Kobe me aceptaba como profesor visitante para impartir un breve curso de escritura creativa a sus estudiantes de español avanzado.

Una noche, después de haber dejado descombrado el sótano, arrojado la basura en el contenedor, podado los árboles y arreglado el jardín, me senté en el sillón de la sala, junto a Maki, que terminaba de organizar la entrega de dos guitarras, una mesita de centro y un juego de vajillas, que regalaría a Fernanda y Berni, nuestros amigos argentinos. Nos vimos a los ojos, como se ven dos extraños en un aeropuerto, y antes de decir cualquier cosa nos dimos cuenta de que en pocos días dejaríamos atrás una vida de once años en una isla al sur de Nueva Zelanda. También dejaríamos calles (una en específico: la que atravesaba de lado a lado mi universidad), esquinas, amigos, árboles (sobre todo los sauces llorones que bordeaban un costado de la Reserva), rutas que seguíamos consuetudinariamente, una bahía, una playa; dejaríamos un río, el olor del pinar en Pine Hill, el sabor de las manzanas de Wanaka, y esa sensación de sentir que todo permanecería estático y sin tiempo. Me habría gustado despedirme de todas y cada una de las cosas con un ritual especial (las calles, los árboles, el viento incluso), con el deseo de que un día me añoraran, pero eso no era posible: las cosas solo aman el presente, y en ello se les va todo su afán. Si en nosotros cada día perdido pasa a ser parte de ese otro mundo que llamamos memoria, en las cosas ese otro mundo no existe; ni ese ni el de la esperanza, pues el futuro les parece un embuste. Yo quería empezar a vivir así, pero el solo hecho de pensar que tenía que cerrar tras de mí la puerta de la casa en la que había vivido durante ocho años, entregar las llaves al otro dueño y no volver la vista atrás, me partía en dos. No sé cómo me siento, dije sin mirar a Maki y con la mirada fija en la chimenea. Me froté las manos contra las rodillas. Resollé. Maki permaneció en silencio. Cerró la tapa de su ordenador y se quedó igualmente mirando hacia la chimenea, con los hombros caídos. Afuera había empezado a llover.

VEINTINUEVE

Kobe era una ciudad pequeña que tenía una particularidad que la hacía grande para mí: había sido fundada el mismo día de mi nacimiento, solo que ciento veinte años antes. Como esto lo supe unos días después de nuestra llegada, no dudé en verlo como un buen augurio. La Universidad de Kobe nos había alojado en un departamento de una transitada avenida que ahora recuerdo entre brumas, pero que estaba a unos cuantos semáforos del paseo marítimo y de un popular mercado, lo que facilitaba el tránsito de mi mujer y mis hijos hacia uno y otro lado de la principal área comercial de la ciudad, sobre todo en los días que yo tenía que impartir mi taller y dar mi conferencia, que se llevaría a cabo en el auditorio de la Facultad de Letras de la misma universidad. La administración universitaria me asignó a la profesora Yuko como mi guía y tutora durante mi estancia, y fue ella quien nos indicó los sitios de interés y los lugares donde podríamos abastecernos de comida y, eventualmente, de algunos otros bártulos básicos para la casa. También fue ella quien programó una visita con el rector de la Universidad, quien resultó ser ni más ni menos que el traductor, al japonés, de Gabriel García Márquez. En nuestra breve conversación, el chispeante rector se interesó por mis novelas e incluso me pidió que le obsequiara alguna, si la tenía a mano. Le dije que sin dudarlo. Era un hombre chaparrito, de carnes recias y cejas pobladas y canas. Saludaba con entereza, como si eso fuera la única señal de su fortuna. Yuko, por su parte, no tenía ninguna relevancia, salvo que estaba casada con un español celoso y petulante, lo que impidió que entre ella y yo se estableciera una amistad más allá del círculo de intereses profesionales.

Como mi taller lo impartía martes y jueves con un selecto grupo de estudiantes elegidos por la propia Yuko, de su clase de español de tercer nivel, el resto de los días los pasábamos Maki y los niños recorriendo la ciudad, demorando las tardes en uno de los restoranes de la bahía y degustando las rarezas culinarias que encontrábamos sin esfuerzo en el mercadillo. Por las noches solíamos recorrer las tiendas subterráneas e interminables que se ocultaban debajo de los enormes edificios. Los días eran livianos y pasaban lentos, como nunca antes. Una tarde, mientras hacíamos la sobremesa en un pequeño restorán junto al paseo marítimo, entró en mi celular un mensaje de Arturo, que acompañaba con una foto. Arturo me informaba que acababa de ver a Cindy Brown en el Meridian, justo al salir del minisúper de la segunda planta. Maki estaba a mi lado, mirando la pantalla del teléfono móvil. Los niños jugaban en una de las áreas verdes del parque cercano al departamento donde nos hospedábamos. En la imagen aparecía Cindy Brown llevando una blusa azul, una falda corta y medias de lana hasta las rodillas. A su lado, se alcanzaba a divisar a Toni y, al fondo, una muchacha con los rasgos similares a los de Sara, aunque resultaba imposible precisarlos. En más de una ocasión se me pasó por la cabeza que, de ser realmente Cindy Brown la víctima, quien habría tenido más de una razón para asesinarlo era su propia hija. Para Sara había sido un duro golpe lo de su padre, y más si considerábamos que ella misma guardaba en su interior un secreto similar. Ver a Cindy Brown en la pantalla de mi celular me trajo un alivio que, en ese momento, suplió un desasosiego inexplicable que venía sintiendo desde hacía varios días. Le contesté a Arturo diciéndole que no lo podía creer y Arturo me contestó que no solo eso, sino que solían encontrar a Cindy caminando a lo largo de la George Street a altas horas de la noche, con atuendos estrafalarios y gafas oscuras. Luego de este breve intercambio de mensajes con Arturo, entré a Facebook y busqué el perfil de Cindy Brown. Las últimas fotografías que había subido parecían habérselas hecho en un estudio: aparecía con un vestido blanco, medias blancas y zapatillas lisas del mismo color en un pequeño claro de un extenso trigal, recostado con la cabeza apoyada en la palma de su mano. En otra toma se alzaba con un vestido largo de noche, elegante, en la puerta de ingreso a la estación del ferrocarril. Otra más lo retrataba solo del rostro, las pestañas recargadas de rímel y los pómulos sensiblemente retocados con pegotes de barniz azul. Una de esas fotos me conmovió: estaba acompañado de su hijo Toni, ambos recostados en una cama de sábanas blancas, unidos por los brazos y los antebrazos, viendo la luz de la lámpara del techo, con las manos sobre el abdomen. La fotografía era en blanco y negro y una luz, no sabía si de esa lámpara u otra que entraba por la ventana, le hacía refulgir el pelo a Toni, ensombreciéndole, por otro lado, medio rostro a su padre (ahora madre). La foto con ellos dos ahí echados en la cama me parecía de una tristeza insondable. Eran dos blandengues seres humanos venidos al mundo a padecer y a los que seguramente si se les hubiera preguntado por la vida habrían preferido no nacer. Yo tampoco hubiera querido nacer, ya lo dije, me habría gustado quedarme columbrándome nomás en el eterno vacío, como una hilacha que oscila sin descanso de un lado a otro. Aunque sentía tristeza, ya no sentía apego, ni miedo. Cada vez me iba alejando más y más de los hechos y los rostros que alguna vez se imprimieron en los once años que viví en Nueva Zelanda. De hecho, Nueva Zelanda misma se iba alejando también de mí, podía sentir cómo los recuerdos que me ataban a ella, cual chupones adheridos a mi piel, se despegaban uno a uno, convirtiéndose apenas en un mero borrador de lo que fui. Sentados sobre una banca cercana al rompeolas, aquella tarde Maki y yo vimos a los niños correr por el malecón, intentando capturar gaviotas con las manos. Yo había descubierto tres mensajes recientes de Lía en mi teléfono móvil y no dudé en borrarlos, sin siquiera tomarme la molestia de leerlos. De un momento a otro me desapareció también la zozobra de saber a

Maki cerca de Tom, sombra que jamás dejó de perseguirme y ahora parecía acaso un punto lejanísimo del horizonte. Hacía un aire fresco, pese al mediodía caluroso, y los turistas caminaban por el andador con unas ganas inmensas de extraviarse. Le di un sorbo a la cerveza y agradecí a la vida haber podido sortear todo lo que me había deparado, sin padecer siquiera un rasguño. Maki seguía a mi lado, viendo a los niños alejarse por el malecón detrás de una gaviota blanca, cuyas alas buscaban tocar la punta del cielo.

Esa gaviota se parecía a mi libertad.

En 1917 nace la Fundación para la Protección Social de la OMC (Fundación Patronato de Huérfanos y Protección Social de Médicos Príncipe de Asturias), con la misión de dar protección social a los médicos colegiados de toda España y a sus familias, así como al personal de los Colegios Oficiales de Médicos y del Consejo General, a través de prestaciones, ayudas y servicios que les permitan afrontar situaciones de riesgo y vulnerabilidad social. Para ello ofrece en su Catálogo Anual de Prestaciones ayudas y servicios en materia asistencial, educacional, de conciliación de la vida personal y profesional, para la prevención, para la protección y promoción de la salud del médico, y para la promoción del empleo médico, entre otros. Tras cumplir en 2017 un siglo de existencia, la Fundación continúa su labor con el concurso inestimable de sus protagonistas: los médicos, que la hacen posible con su aportación solidaria, los beneficiarios, que representan la materialización de su misión, y todos aquellos que contribuyen a su crecimiento.

CONCLUYÓ LA IMPRESIÓN DE ESTE LIBRO, POR ENCOMIENDA DE ALMUZARA, EL 4 DE DICIEMBRE DE 2018. TAL DÍA DEL AÑO 1839 NACE MELESIO MORALES, UNO DE LOS MÁS RENOMBRADOS COMPOSITORES MEXICANOS DEL SIGLO XIX, AUTOR DE ÓPERAS COMO *CLEOPATRA* O *GINO CORSINI*.